メモリア少年時代

谷口江里也

未知谷
Publisher Michitani

メモリア少年時代

目次

メモリア少年時代

第一話　ベージュのすみか

　ベージュが、今日も満足げな表情で得意そうに、穴から出てあたりを見わたしていた。ベージュというのは、身長が十センチくらいの小さなトカゲで、体の色がベージュ色なので私が勝手に付けた名前だが、ベージュは人間たちがひしめきあって住む十五階建てのマンションの、舗装された駐車場にあいた小さな穴をねぐらにしていて、ほとんどいつでもその回りにいる。

　その穴の上を一日に何台の車が通るのかはわからない。穴は駐車場からマンションの外に出るための通路のあたりにあるので、おそらくその近くに車を停めているおよそ三十台程度の車が、出入りのたびに穴の上を通ることになる。危険はないのかと思ってもみるが、しかし考えてみれば、朝晩を除いて昼間の間、駐車場にはほとんど動きはないので、その時間さえ気をつければ特に危険はないのかもしれない。車から出た人とマンションをつなぐ路は別にあるので、ベージュのすみかのあたりを人が通ることは日中ほとんどなく、そのあたりで子どもが遊んでいるのも見たことはない。

穴の大きさは直径がせいぜい二、三センチくらいで、まわりはコンクリート舗装だから、おそらくベージュのすみかは強度的には何の問題もないはずだ。それに車が通るときには、それなりの音とか振動とかがあるだろうから、車が近づいてきたらさっさと穴の中に入ればいいだけの話だ。トカゲにだってそれくらいの知恵はある。私はベージュに代わってそう断言できる。

トカゲだって命ある者として、危険を察知する能力は、生まれた時からしっかり身につけているにちがいない。だからこそ、恐竜が闊歩していた頃から、トカゲは長い年月を生きのびてきたのだ。ぼんやりしていて逃げ損なって、尻尾を車に引かれたりすれば、切れた尻尾がぺしゃんこになって残されているはずだが、そんなものを目にしたこともない。それよりなにより、穴を出る時の、あるいは穴に入る時の、いかにも余裕あり気なベージュの顔つきが彼のすみかの安全性を何よりも物語っている。もしかしたら安全性という点では、奇妙に高くそびえ立つ人間たちのマンションより上かもしれないとさえ思う。

それにしても、ベージュはいったい何を食べて生きているのか。そういえば彼が何かをくわえて穴に入って行くところなど見たことがない。ただ、それも考えてみたら余計な心配かもしれない。若いからかもしれないが、ベージュの肌の色艶はやたらと良く、天気の良い日などは全身がつやつや輝いて、いかにも健康そうに見える。ほんの少し酒を飲みすぎただけで次の朝までそれが尾を引く誰かさんとはえらい違いだと、やや自嘲気味に思わずつぶやいてしまうほどだ。まったく、トカゲの食いぶちの心配をしている場合ではないと、このところの体力の衰えを思うにつけ、世界情勢の先行きを考えるにつけ、日本の経済状況の悲惨さをひしひしと感じるにつけ、はたまた政治の混迷を、これでもかと見せつけられるにつけ、いやホント、それどころではないと思わざるを得ない。

しかもベージュは、われわれ人間にはない荒技まで身につけていて、食料である虫が多い夏には、ベージュは機敏に体を動かすが、トカゲにとって食料難と思われる冬には、なんと冬眠などという、まるで禁じ手のような荒技を使って、春になるのをのうのうと寝て待つのだ。

それより何よりすごいのは、致命的な危険に遭遇した時にトカゲが自らの尻尾を切り、ピクピクと動くその尻尾に敵が気を取られているその隙に逃げおおせるという、手品師顔負けの大技を持っていることだ。

人間にも、肉を切らせて骨を断つという技が存在しないわけではないが、そんな器用なマネが誰にでもできるというわけではなく、たとえできたとしても、サムライの時代でもない今ではもはや使う機会すらない賞味期限切れの技にすぎない。ただ、ベージュの先祖がどうしてそんな技を身につけなければならなかったのかということを考えると、何だか妙に不憫な気持ちになったりもする。なんせ大事な体の一部を、自ら切って落としてしまうのだ。

つまりベージュの祖先は何度も何度も、そしてさらに何度も、致命的な危機に遭遇したにちがいない。そしてそんな経験の果てに自分の尻尾を捨て置いて逃げるという、悲しくも滑稽な荒技を身に付けるに到ったのだ。そんなトカゲ族にくらべれば、われわれ人間はどうやらそこまでの危機に遭遇したことはないのだと言わざるを得ない。なにしろ人間は、加齢で髪が抜け落ちるのさえ嘆く始末で、体の一部であれなんであれ、身に付けた大事なものを自らが切り捨てるなどという思い切りの良さとは、よほど遠いところにいる。金にせよ権力にせよ何にせよ……

もしかしたら苦難に苦難を重ねた進化の先に、われわれ人間も、あるいはトカゲのベージュのような思い切りの良さを身に付けることがあるのだろうか。

第二話　キングの行方

キングが姿を消してから、なんともう半世紀が過ぎた。さらに半世紀が過ぎれば、もちろん私はもう生きてはいないだろうけれども、キングがいなくなってから百年が過ぎることになる。そう思うと、若い頃は想像もつかないほどの膨大な歴史的時間であった一世紀という時間も、それほどではないと思える。自分の体の中に時のものさしを持ってしまうというのは、こういうことなのかなとも思う……

キングというのは、私が幼い頃に飼っていたヒラタクワガタだが、ヒラタクワガタというのは、いわゆるオオクワガタの一種で、そのなかでも最も大きいクワガタの種類だ。今はそれほどではないが、幼い頃、私は昆虫が大好きで、なかでもカブトムシやクワガタムシのことは何よりも好きだった。

夏になると私は、リンゴ箱を改造した彼らのための大きな家をつくり、毎日のように、そこにすまわせるカブトムシやノコギリクワガタを捕りに行った。彼らを捕まえるためなら、勇気を奮い起こして普段は行かない遠くにまでも出かけたが、しかし遠くに行けば、それにふさわしい成果が上がるかといえばもちろんそうでもなくて、最も簡単に、そして多くの成果を上げられるのは、実は私の祖父の果樹園だった。

私の祖父は、幼かった私の感覚では、とてつもなく大きな果樹園を持っていて、そこで梨や桃や葡萄をつくっていた。遊びに行くと、果樹園の中で剪定などの仕事をしていた祖父が樹から梨をもいでくれ、ナイフで虫が食ったところをスパリと切り落とすと、あっという間に皮をむいて食べさせてくれた。その美味しかったこと。

祖父が言うには、虫が食うような梨こそが見かけは悪くても美味しいのだということだった。虫たちはどの梨が美味しいかをちゃんと知っているのだ。梨には紙の袋がかぶせてあるのだが、それでも梨はいろんな虫たちに食べられる。ときどき祖父が、いきなり大きなカブトムシを手渡してくれることもあった。

梨の甘さにつられてやってきて、祖父に捕まってしまったのだろう。そうやって祖父からカブトムシをもらうと、それなりに嬉しくはあったけれども、でもなんとなく感動のようなものに欠ける気がした。カブトムシはやはり自分の手でとらなければいけないのだ。

そんなわけで私は、しばしば祖父の果樹園にカブトムシを捕りに出かけたが、祖父の家の前の果樹園の入り口からは入らずに、わざわざ果樹園の北の端の、鉄条網の垣根がしてある、その垣根を乗越えて果樹園に入るのが常だった。入り口から祖父に挨拶などして入ったのでは、いくらなんでも冒険心に欠けると子ども心に思ったのかもしれないが、私には私の理屈のようなものがあり、それは果樹園の北の端には小さな川が流れていて、それが境界でもあったのだが、そのあたりから入る方が、祖父の家から少し離れていた私の家から果樹園に行くには近道だったということだ。しかもそこには、果樹園の境界として、何本かの老いたクヌギの木が植えられてあり、重要なのは、その木には、行けば必ずといってよいほど見事なクワガタムシやカブトムシがいたということだ。

幼かった私は、鉄条網が張られた杭を用心しながら乗越え、宝の山とも言うべきクヌギの木のところに、いつもわくわくしながら近づいた。果樹園の中であるために、そこは誰にも荒らされてはおらず、それは私が発見した、私だけの秘密の場所だった。

古いクヌギの木には何ヶ所も樹液が流れ出している部分があり、そこにはいつも凶暴な表情をしたスズメバチや、図々しいカナブンに混じって、艶のある黒光りした角を持つカブトムシや、やや赤みがかった、いかにも強そうなノコギリクワガタがいた。私はキングをそこで発見したのだが、それは、それまで見たこともない巨大なヒラタクワガタだった。

キングは、その場所で他を圧して樹液を吸っていたが、驚く私の気配を察して、あわてた私が手を伸ばすより早く、木の幹にある穴の中に身を隠してしまった。なんとしても捕まえなくてはと思った私は、とっさに人さし指を穴の奥の方にまで押し込んだ。指がキングの牙に触れたとき、私は実に果敢な作戦を思いついた。それは自分の指をキングに噛ませて、つまりは自分の体を犠牲にしてキングを穴から吊りだそうという作戦だった。

かなりの時間がかかった我慢比べのような戦闘のことを描写すれば、いくら紙面があっても足りない。結論だけを述べれば、私の作戦は見事に功を奏して、私は指に噛みついたままのキングをついに穴から引きだすことに成功した。もちろん私も名誉の負傷をし、私の指からはドクドクと血が流れた。私の指には今でも、その時のじんわりとした痛みの記憶が残っている……。

ともあれ、こうしてキングを捕らえた私は、これで自分がチャンピオンになるのは間違いないと密かに思った。その頃、近所の子どもたちの間では、自分が持っているカブトムシやクワガタムシを闘わせることが流行っていて、私は、かなり強いほうだったが、それでもたまには負けることもあり、それが悔しくて、常々、より強い戦士を探し求めていたのだ。キングはまさしく、そんな私が待望していた戦士だった。

しかも私は万全を期して、キングをすぐには試合には登場させず、しばらく戦士としての秘密の特訓を行ってからデビューさせることにした。そしてそのとき私が行った特訓というのは、キングを小さな箱の中に入れてふたをして、真っ暗な中で何日かを過ごさせて、つまりはキングをハングリーな状況において、それから試合に臨ませるというものだった。どうしてそんなことを思いついたのかはわからない。

ともあれ、そうして何日かが過ぎたキングの最初の試合の日、今でもはっきり覚えているのだが、隣の家の玄関先の試合場で何回かの前座試合の後、箱の中から取り出され、相手のカブトムシの前に置かれたキングは、なんと私が手を放した瞬間、一直線に相手に近づき、そして相手の兜に噛みつくと、あっという間にあの硬いカブトムシの兜を噛み割ってしまったのだ。それは実に信じられないような光景だった。もちろんそんな試合は見たこともなかった。あまりのことに相手の子どもは泣きだし、私もなんだか背筋が寒くなった。呆然とした私はあわててキングを箱の中にしまって、そそくさと家に帰った。

動揺して家に帰った私は、そのまま箱にキングを入れておく気にはなれず、ほかのカブトムシたちのいるリンゴ箱に入れたが、恐るべきことにキングは、そこでも、いちばん近くにいた小さなカブトムシに襲いかかると同じように、あっという間に彼の兜を噛み割ってしまった。急いでキングを外に出したものの、私は途方に暮れた。

いうまでもなく試合というものは、どんな試合でも互いの力が拮抗していてはじめて成り立つ。カブトムシやクワガタムシの試合も同じだ。また、たとえばノコギリクワガタは興奮すると体を反らせ、ノコギリ牙を頭上高く掲げて相手を威嚇するが、その姿のカッコ良さが大事であって、さらにはそうやって得意そうにしているノコギリクワガタの背中をちょんと叩くと、戦士はさらに胸を反らして、なかには反りくり過ぎて自分で後にひっくり返ってしまう者もいたりして、だからこそ面白いのだ。プロレスの帝王ルー・テーズの岩石落としのように、牙で器用に相手を挟んでクルリと回転させて下に落すノコギリクワガタがいたり、ツノで相手を放り投げるカブトムシがいたりするから面白いのだ。

問答無用で相手を破壊してしまうようなクワガタと、いったい誰が自分の大切な戦士を戦わせようとするだろう。第一私自身が、彼を試合に出す気にはもはやなれなかった。試合に出すことさえできないほど強い彼を、私は密かにキングと名付けたが、しかし私の心は晴れなかった。

　こんなにも強いのに、試合に出すこともできないほどキングが凶暴化してしまったのは、狭く暗い小さな箱の中に彼を閉じこめるなどという特訓をした自分のせいだと思った。見れば堂々としたキングに、小さな虫かごは似合わなかった。エサとして与えてあったキュウリやしなびた西瓜も、なんだか悲しく惨めだった。

　そして私はある日、母親の裁縫箱のなかから赤い絹糸を取り出すと、それをキングの牙の一部に綺麗に巻いた。私にとってそれは彼がチャンピオンであるという印だった。そうして私はキングを彼がもといた果樹園のクヌギの木に戻した。そこならば、ときどきはキングの姿を見られると思った。彼がチャンピオンであることを示す赤い勲章は、今度彼に出会ったとき、それがキングであることを、たとえ遠くからでも一目でわからせてくれるはずだった。

　しかしキングは、それ以来、私の前から姿を消した。どこに行ったのかは、わからない。冬を越すヒラタクワガタであってみれば、キングもまた冬を越したはずだと思えた。何年経っても、キングはきっとまだどこかで……と、ふと思ったりした。

あれからなんと半世紀が過ぎた。ただキングはまだ、少なくとも私の心の中で、活きいきと生き続けている。

第三話　クマンバチ作戦

　私が子どもだったころ、道路は私たちの遊び場だった。私が生まれ育った小さな温泉町には、町の中心の惣湯とよばれる共同浴場から、一本のメインの商店街が伸びていたが、そこに自動車が通ることはまれだった。ましてや、そこから枝分かれした生活道路に自動車が通ることなどなく、私の家のある街区をとりまく道路は、子どもたちの格好の遊び場で、わたしたちはそこで毎日、コマ回しや、野球などをして遊んだ。

　大人たちも、特におばあさんたちは、よくそれぞれの家の前にたむろして、なにやら話に興じていたりした。つまり道路は、西洋の小さな広場のようなもので、もしかしたら、縁側という不思議な、そして曖昧だけれども風情のある空間の仕組みを持つ私たちの国にとって、町なかの道路というのはもともとはそういう場所だったのかもしれない。

　私たち子どもは学校から帰ってくると、雨が降らなければ、よほど特別なことでもないかぎり、夕方になるまでのほとんどの時間を道路で過ごした。道路に出れば、必ず誰かがいて、ビー玉を転がしていたり、メンコを取りあっていたりしていた。年上のまとめ役のような子どもがいる時には野球もしたし、もっと人数が多い時には、グンキ（軍旗？）といって、みんなで色とりどりのはちまきをして敵味方にわかれ、相手の大将を捕まえたら勝ちという遊びに熱中したりもした。これはかなり複雑な、頭脳的な作戦を要する遊びで、それだけに子どもも心をおおいに熱くする何かがあった。紫や黄や黒や白などの色は、それぞれの役割を示していて、たとえば白は大将に勝つが、しかしそれ以外の色には負ける。紫はたしか大将と黄色以外のすべてに勝てる。そんなふうに、それぞれが個有の力と弱点を持っているので、たいがい二人か三人で組んで相手の陣地に攻めて行くことになる。勝ち負けは、強い方が相手にタッチをするだけなので、タッチされた方は大人しく相手の陣地に捕虜として連れて行かれる。そこで嫌だとごねるような子どもは何故かいなかった。ルールあっての遊びだということを、だれもがあたりまえのように覚え知っていたのだろう。ともあれ捕虜になると、最初に捕まった子どもが電信柱か何かに手を当て、そこから数珠繋ぎに手をつないで、味方が助けに来てくれるまでひたすら待っていなければならない。敵の包囲網をかいくぐってやって来た助けは、手刀を切って、電信柱のところから全員を解放するという大技をやってのけたり、それが無理なら、一所懸命手を伸ばしている一人か二人を助けて陣地に帰ることもある。味方を解放できた時の爽快感は格別だ。

足の速い子が白いはちまきをして、問答無用で一目散に大将に向かって決死の突撃をかけることもあるが、しかし大将のそばに誰かがいれば、あえなく捕虜になってしまったりもする。年下の子どもが大将や紫をやらせてもらえることなどなかったが、それでも、どの色にもそれなりの面白さがあり、紫色のはちまきをした年上の子に手を引かれ、白いはちまきなどをして相手のスキを窺いながら進んで行けば、次第に胸が高鳴り、ちょっと不安な、しかし重要な役目を担っているのだという充実感もあって、この遊びには、わくわくするような面白さがあった。

ただ、グンキは人数がそろわなければ面白くないので、いつでもできるというわけではなく、少人数で遊べる遊びの筆頭としては、釘刺しという遊びがあった。こうして漢字で書くと妙に怖い感じだが、これは釘の頭を持って、手首をクルリと回して釘を地面に投げ刺し、刺さったところから、次に刺したところまで線を引いて、少しずつ前進して相手の陣地に近づき、城と称する相手の陣地に釘を刺した方が勝ちという遊びで、釘を刺す一瞬に精神を集中し、一刺し一刺し丁寧に釘を刺して進むが、刺し損ねたり、相手の線をまたいで釘を刺してしまうと、その段階で相手の番になる。わりと大きな釘を使うので、かなり危険な気もするが、実際には自分の足に釘を刺したりしたような子どものことは記憶になく、意外と子どもというのは用心深いのかもしれない。この遊びにも作戦が非常に重要で、近くに刺すのは簡単だが、遠くに刺すのはもちろん難しく、そのかねあいが難しい。性格も表れやすく、几帳面な子は自分の城のまわりを、釘をこつこつと几帳面に刺しながら、まるで巨大な蜘蛛の巣か渦巻きのように、何重にも城を取り囲む線を描いて難攻不落の城を造ったりする。線と線は交差してはいけないので、それをやられると、こちらは渦巻きの中に器用に釘を刺し続けて、少しづつ少しづつ攻め上らなければならないので実に難儀だ。しかしその難儀さは、狭い線と線との間に釘を刺せた時の達成感と裏腹で、失敗したり上手くいったりを繰り返しているうちに、あっという間に夕方になって線が見えなくなってしまう。この遊びは人数が少なくてもできるので、しょっちゅうやっていた記憶があるが、一対一で、あるいは、三人くらいでやるのが一番面白く、それ以上になると線が複雑になり過ぎてつまらない。

　ほかにも、細かな決めごとの上に成り立つ子どもの遊びはたくさんあって、とにかく、私たちの道路での遊びの種は尽きなかった。もちろん、特に何もしないで話をしたりするだけのこともあったが、いくぶんほかの子どもたちより自意識が強かった私は、そんなとき、なにかと仲間の意表をつくようなことを考えて、目立とうとする傾向があった。

クマンバチ作戦もそのなかの一つだ。クマンバチというのは体長が二・五センチほどもある、まるまると太ったハチで、腹や手足は黒々と光り、背中には、あざやかな黄金色に輝く細かな毛がびっしり生えていて、その黒と黄金色の対比がいかにも恐ろしげだ。子どもたちからは、あんな奴に刺されたら、ほとんど命はないと思われていた。なにしろハチというのは子どもの天敵で、なにかの拍子に足長バチに刺されたりしたときの痛さときたら、本当にたとえようもないほどで、ましてや、大人でさえ下手をすると命をなくすといわれていたスズメバチなどは、まさしく悪魔のように忌み嫌われていた。だから、さすがにスズメバチにちょっかいを出して刺される子どもはほとんどいなかったが、巣をとろうとして足長バチに刺され、泣きながら家に帰る子はしょっちゅういた。

そんなハチの中でも、そのみかけの恐ろしさで一目置かれていたクマンバチは、刺された子はいなかったけれども、それだけに、もしも刺されたらどうなることかと恐れられていたのだった。ところが、昆虫採集が好きで、図鑑などをよく見ていた私は、ある日、とんでもないことを発見してしまった。図鑑に、クマンバチには人を刺すような針がないと書かれてあったのだ。大発見に喜んだ私は、さっそく網を持ってクマンバチを捕りに出かけ、捕ったクマンバチをじっと観察したが、たしかに針はなさそうに見えた。思い切って手で持ってみると、やはり何ともない。それもそのはず、クマンバチというのは、見かけは獰猛だけれども、本当はハナバチという可愛い名前の、花の蜜や花粉などを食べる、人を襲ったりすることなど無い、全くおとなしい種類のハチだったのだ。

シメシメと思った私は、それを手の中に握ってかくし、道路に出て友だちを探した。その時ちょうど二人の子どもが家の近くにいたので、私は何気なく話しかけ、そして頃合いを見計らって、手のひらを広げて見せた。そこにはすっかり元気をなくしたクマンバチがいて、呆然と私を見る二人に対して私は、「とうとうクマンバチを手なずけることに成功したんだ」と自慢げに言った。二人はそれに対して、なんとなく感心したようなようすを見せなくもなかったが、しかし、どこか怪しげなものでも見るかのように黙って私を見て向こうへ行った。

算段が狂って拍子抜けした私は、今度は自分より年下の子に、同じように手のひらにのせたクマンバチを見せた。その子も最初は驚いたが、すぐに不可解なものでも見るかのように私を見つめた。三度目も相手の反応はほとんど同じだった。なぜか受けなかった。こうしてクマンバチ作戦は、まったく盛り上がることのないまま、実に後味の悪い失敗に終わり、私は、ある種の気まずさのような感覚を抱えて家に帰った。

作戦がどうして成功しなかったのかについては分からない。その哀れな、手のひらの上でじっとしていたクマンバチを、私がそのあとどうしたのかについても、何も覚えていない。子ども心に、無かったことにしてしまおうという気持が働いたのかもしれない。ただそのときの、見せびらかした相手と私とのあいだに生じた、気まずさの感触のようなものだけが、なぜか今も私の中に残っている。

それにしても、道路という道路が自動車に占領されてしまった今、子どもたちは、どこで、何をして遊んでいるのだろう。

遠い遠いむかし、小学生だった私はひと頃、やたらと奇妙なものを採取して理科室に届けていた。理科室の標本棚に飾ってもらうためだった。きっかけは確かサンショウウオだった。ある日、家に住み込んでいたお手伝いのお姉さんが、お休みの日に実家に帰った時に、何匹かの小さなサンショウウオを持ってきて私にくれた。

お姉さんは深い山の奥の方の小さな村の出身で、中学校を卒業した後、私の家に住み込みで働きに来ていたのだったが、とても優しいお姉さんで、何かと私の世話を焼いてくれた。この時も、私が喜ぶと思ってわざわざ冷たい沢の中に入って捕ってきてくれたのだろう。サンショウウオといえば、図鑑にもそう書いてあるほど珍しいものなので、私はそれをさっそく学校に持って行った。理科の先生は大変喜んでくれたが、それだけなら、私に奇妙な癖がつく事は、たぶんなかっただろうと思う。

明くる日学校に行き、全校朝礼に出席するために講堂に向かうと、なんと教室から講堂に向かう広い廊下に、そのサンショウウオが水槽に入れられて飾られていた。そこにはサンショウウオが山奥の清流にしか棲まない、とても珍しい生き物で、私が持ってきてくれたのだとまで書いてあった。

当然の事ながら、私はとても誇らしげな気持になった。もちろんそれは、お姉さんにもらったものであったので、子ども心に、そのことになんとなく後ろめたさも感じたけれども、しかし、みんなの目につくところに自分が持ってきたサンショウウオが飾られているのは事実で、なんだか急に偉くなったような気がした。

サンショウウオはそれからしばらく飾られていたが、そのあと、水槽ごと理科室に移動し、それを機に、私は理科室の奥の標本などがいっぱい置いてある部屋に入り浸るようになった。私が理科室のコレクションを充実させるべく奮闘し始めたのはそれからだ。

理科室にあっても良いはずだと思えるものはたくさんあり、もともと自然のなかで遊ぶ事が好きだった私は、私の目に珍しいと映るいろんなものを取ってきて先生のところに届けた。山の木の枝につくられた蚕玉や、妙な形の枝や石など、宝物はいくらでもあったが、ただ、自分でも失敗したと思ったのはナメクジだ。ある日、巨大なナメクジを家の裏の薪の間に見つけた私は、それをバケツに入れて持って行き、先生もそれをちゃんと受け取ってはくれたのだが、しかし明くる日、それはなぜか小さく縮んでしまっていた。

それに対する気まずさが、あるいはどこかで関係していたのかもしれないが、それからしばらくして、林の中で獲物を探索していた私は、ふと見上げた頭上に、大きなカラスの巣らしきものを見つけた。カラスがそこにいたわけではなく、また非常に大きかったので、今にして思えば、もしかしたらそれはトンビの巣だったのかも知れないが、その時の私は、それをカラスの巣だと確信し、（ヨシッ、あれを理科室に持って行こう）としか思わなかった。それは私には、実に貴重な宝物に思えた。

私はすかさず、それを取るために、前後の見境もなく木によじ登り始めた。木は高く、木の姿を思い出してみれば、上の方までは枝もなかったので、おそらくは杉の木だったのではなかったかと思われるのだが、とにかく、巣がある場所は信じられないほど高かった。しかし私は、なぜか躊躇することすらなく、ひたすら巣を取りたいという一心で、高く真直ぐ伸びた木の幹にしがみついた。

今から考えれば実に無鉄砲な行動だが、幼いという事はそういう事なのだろう。私は取り立てて活動的な子どもではなかったのだが、その時の私の頭の中は、巣を取るという目的で一杯になっていて、それが極めて危険な行為だという思慮が入り込む余地など微塵もなかった。

　小学校の低学年の体力では、それは無謀なのではないかとか、木登りといえば、それまでせいぜい近所の柿の木に登った経験くらいしかないとか、木登りというのは、登るより降りる方が危険だとか、それより何より、そんなことをしている最中に、もしも親カラスが戻ってきていたらと考えると、今でもなんだか背筋が寒くなる。しかしおそらくその時、カラスは既に子育てを終えていたのだろう。私が木登りを続ける間、幸いにも頭上をカラスが舞う事は結果的にはなかった。

　しかし登り始めてすぐ、私は自分がとんでもないことを始めてしまった事に気付いた。にもかかわらず、なぜか途中で止めようとは思わなかった。それが幼さでもあるのだろうが、もしかしたら降りるのが怖くて、ただ上を目指したような気もする。それにしても、高い木の上で必死にたった一人で木にしがみついている時の、泣き出したくなるような心細さときたら……

　それでも私は、時折ゆらりと揺れる木を登り、巣のある場所までたどり着いた。巣は思ったよりもはるかに大きかった。そしてその時になって初めて、私はそんなものを持って降りられるはずがないことに気付いた。こうしたもろもろの事は、冷静に考えれば、子どもでも分ったはずなのだが、そういう意味では、私は現実的な事にうとい愚かな子どもだったのだろう。あるいは、何度も言うようだが、何かを思いついたら前後の見境を無くす程度には幼かったのだろう。木の上でしばらく躊躇した私は、結局、片手で必死に巣を枝から引っ張り出して、それを下に落とした。

こうして私は、カラスに攻撃される事もなく、木から落ちる事もなく無事に地上に帰還したが、今から考えると、それはただ単にラッキーな事が重なったからだとしか思えない。

命がけで取ったカラスの巣はずしりと重く、しっかりと、小枝を編んだようにしてつくられていて、中には、シュロの皮のような、茶色い髪の毛のようなものが張り付いていた。ともあれ私はそれを、いつものように学校に持って行き、いつものように、それは標本棚に飾られはしたが、それで先生に褒められたかどうかは覚えていない。

覚えているのは、標本棚に収まった巣を見た時、ふと、自分が結果的に、カラスの家を奪ってしまったのだと気付いたことだ。そして私が理科室に奇妙なものを届ける癖も、それを機になくなった。

第五話　緑の海のキリギリス

あれは何歳くらいの頃だったのだろう。夏の暑いさかりによく、自分の背丈より高く伸びた草むらに分け入ってキリギリスを捕った。そのことを想い出すたびに、その時の、四方を草に囲まれた、緑の海のような空間に立ちこめる草の匂いと、あちらこちらから聞こえてくるキリギリスの声が私を包む。

先日も、アトリエの駐車場の横に生い茂る草の中で鳴くキリギリスの声を耳にした時、そんなシーンを想い出した。しかし、草の高さは私の腰の高さよりずっと低く、キリギリスの声もその中の、どこか下の方から聞こえてきた。

つい二日ばかり前にも、電車が走る線路をのせた高い土手に沿った、駅に向かう道を歩いている時に、土手に生えたススキの中からキリギリスの声が聞こえてきた。その時も、ふっと草の匂いが一瞬、私を包み込んだような気がしたが、見ればススキは、ずいぶんと伸びてはいたけれども、それでも、せいぜい私の腰が隠れるほどの高さだった。

想い出せば、幼い私を取り巻いていた草の高さは、私の頭の高さより、もう一つ頭をのせたほど高く、草の葉の透間から、とぎれとぎれに空が見えた。見上げれば空は青く高く、草の中で私は、なぜか急に心細くなったりした。しかしそれでも近くでキリギリスの声がすれば、私はふたたびキリギリスを求めて生い茂る草の中を進んだ。

発見したキリギリスはなぜかいつも私の目の高さとほとんど同じ位置にいて、ほんの少し先にある草の茎につかまって鳴いていたが、近くに聞こえるその声は、私の耳を一杯にしてしまうほど大きく、その響きが、草に囲まれた小さな空間に溢れた。手を伸ばしてキリギリスを捕まえれば、もちろん鳴き声は止んだはずだが、そのようなことは何も覚えていない。私が覚えているのは、私の指の中でもごもごと、小さなハサミのような緑色の口を動かすキリギリスの顔だ。

私はそれをカゴに入れ、元気があれば、もう一匹のキリギリスを目指し、そうでなければ、緑の海から出て家に帰った。

一人遊びが嫌いではなかったとはいえ、どうして幼い子どもが夏の暑い盛りに、そんなふうにたった一人で息をひそめて、わざわざ自分の背丈よりも高い草むらの中に分け入り、湿度の高い、いま考えればむっとするような熱気のなかで息をひそめてキリギリスを捕ったりしたのだろう。誰かに連れられて、同じようにキリギリスを捕ったりしたことでもあったのだろうか……

けれど、それにまつわるかもしれないことの一切は、川の水が、いったん海に流れ込んでしまえばもう、どの水がどの川から流れてきた水なのかが分からないように、すべてが混ざりあって、私の記憶の茫洋とした海の中に溶けてしまっている。

ただ確かなのは、そうやって息をひそめ、声をたよりにキリギリスに近づいて行く時の緊張感や、鮮やかな緑や、耳に痛いほどに響くキリギリスの声や、その一瞬の、音や空気などの一切が一体となってつくりだしていた空間やその気配が、思い出そうとしさえすれば今でも活きいきと蘇ってくるということだ。

もちろん、そんなイメージの中の空間が、幼い私がその時に触れあっていた空間と同じものだとは思わない。それはきっと、時を経ていつのまにか形をゆるやかに変えてきたただろう。あるものは強調され、あるものは消え、そしてもしかしたらあるものは、鮮明さを増しながら私と共に、ある意味では一緒に育ってきたともいえるだろう。

いつも想うことだが、私を取り巻く三次元の物理的な空間や、ありのままの事実や現実がどうであり、あるいは過去が実際どうであったかということと、さまざまなイメージが重なり合いながら常に私と共にある、私が現に生きている空間とは違う。それはいつでも、言葉や感触や音や時間や情緒や気配などを融かしこんだ、具体的な時や場所を超えて自在に交差し行き来できる多次元の空間であって、そこでは、一瞬のうちに過去に戻ることも、まだ見ぬ未来に行くことも可能だ。というより、大げさな言い方をすれば、ある意味ではそれが私の命をかたちつくっているともいえる。つまり私とは、私と共に在るイメージの総体であって、私の肉体が消えれば、それは私と共に消える。けれど、私の命が在るかぎり、全ては私と共に生きていく。

だからあの緑の海のキリギリスたちは、普段はどこにいるか分からないけれど、それでも常に私の中に生きていて、私という空間をかたちつくっている。そしてそのキリギリスたちは、何十年も前に、おそらく私の虫かごの中で、もしかしたらキュウリを抱えながら死んだであろうキリギリスではなく、あくまでも私と共に生き、そしてこれからも生き続けて、確かな響きを、ときおり私の耳に届けてくれる生きたキリギリスたちなのだと思う。

そう思うと、緑の海の草の匂いも、その中で草と同じような色をして鳴くキリギリスも、口をもごもごさせているキリギリスのこともみんな、なんだか愛おしく想えてくる。そして無数の、私と共にあるイメージたちのこともまた……

第六話　窓辺のラン

人はたいがい、犬であれ猫であれ、自分が飼う動物たちに名前をつける。私がかつて飼っていた柴犬にはリンという名前をつけた。また、ふいに我が家の庭先に現れ、どこにも行こうとせず何日も同じ場所にじっとしていた小猫は、どこか別の場所にと思って抱きあげた瞬間、痩せ細った体の、そのあまりの軽さに慌てて牛乳をやらずにはいられず、そのまますっかり居着いてしまった。その猫にはモモという名前がつけられた。モモはみるみる元気になり、やがて自分こそがこの家の主だといわんばかりの態度を示すようになって、とうとう三匹の小猫まで生んだ。

子猫のなかの表情の豊かな一匹にはドングリ眼という名前がつけられたが、たしか横浜に、手作りクッキーと共にもらわれて行った。もう一匹も里子に出され、残った一匹にはチビといういかにも適当な名前がついた。

犬や猫にばかりでなく、たいがいの人はハムスターであれイグアナであれカメであれ、家で飼う動物にどういうわけか名前をつける。私の体の調子がイマイチだったときに、ホームセンターでつい目が合ってしまい、何日か躊躇した後、やっぱり飼うことになってしまった二羽のルリコシボタンインコのつがいは、その色合いが実に美しかったので、私は一羽にアールという名前を、もう一羽にはデコとつけて、合わせてアール・デコと洒落てみたが、家族は誰もその名前で呼んではくれず、いつのまにか二羽は、チーコとピーコという実に鳥的な名前で呼ばれることになってしまった。

それでも私は自分だけが二羽を、アールちゃんデコちゃんと呼び続け、せっせと名前を覚え込ませようとした。そのうち二羽が声をそろえて「アール・デコ」と鳴く日が来れば、その日こそ私の勝利の日だという魂胆を密かに秘めて私は名前を呼び続けたが、いつまでたっても二羽は名前を覚えない。どうしたんだろうと、何気なくインコの飼い方という本を開いた私は、パラパラとめくったページの中に、驚愕の事実を発見してしまった。なんとその本には、インコ族はよく言葉を覚えるけれども、唯一、ルリコシボタンインコだけはしゃべらないと書いてあったのだ。その瞬間、もはや芸術的な名前を呼び続ける気力は失せてしまった。

それはともかく、一般的に、私たちは自分が飼う動物には名前をつける。私などはクワガタムシにさえ名前をつけた。ところが庭に植えたり鉢植えにして家に置いたりする植物には名前を一般的につけない。何故だろう？　もちろん高価な盆栽や有名な庭園のしだれ桜などには実に立派な名前が付いていたりするけれども、どんなに長く家で育てられても、植物には名前がつかないのはどうしてだろう。私の家の観葉植物には、買ってきたとき「Song of Indio」という英語の名札が付いていたが、しかしそれはもちろん、柴犬とかペルシャ猫というのと同じ、その木の種類の名称であって呼び名ではない。

可愛がり方の度合いが、動物と植物とでは違うからだと思われるかも知れないが、しかしその木は、チーコとピーコが亡くなったあと、かつて彼らがいた場所を見ても何もなく、そこにはインコはもちろん鳥カゴさえ無い。そのあまりの空虚さを紛らわすために買ってきたもので、そこでそのまま十年以上も水をやり、たまには肥料もやり、枝にはルリコシボタンインコの写真まで貼り付けてある。けれど名前はない。

考えてみれば、私の仕事場の窓辺には、誰かにもらったりなどして、一ヶ月も二カ月もがんばって花を咲かせ続けて遂に花を落としたランの鉢植えが五つもそのまま置いてあって、これらがまた、ロクな世話もしていないのに毎年春になると律義なことに、そして健気なことに実に奇麗な花を咲かせる。しかし、このランたちにも名前がない。

実はそのことに、私は今日になって初めて気付いた。どうしてだろうと、あらためて考えてしまったけれど、まったくあたりまえのように、私はこれまで植物に名前を付けてこなかった。たぶん私だけではないのではないかと思う。

動物が生きているからだという理由はなりたたない。植物だって生きているし枯れたりもする。動物は名前を呼べば来てくれたりするからだと言う人がいるかもしれないが、柴犬のリンなど、自分の都合の悪い時には、いくら呼んでも来なかった。しゃべらないからかとも思うが、カメだってイグアナだってしゃべらない……

いろいろ考えていて、ふと、今年も美しい花を咲かせた窓辺のランは、もしかしたら私のためとかではなく、もっと遠い何かに向けて花を咲かせているのではないかと思った。

動くことができない鉢植えのランにとって、花を咲かせるという行為には、もっと切実な、あるいはもっとシンプルでピュアーな願いのようなものがこめられていて、ランの想いは、窓の向こうの遠く遥かな空や大地や光や風や水や、それらが織りなす季節などへの憧れを静かにみつめながら、それらと語り合うことと共にあり、そんな毎日を生き、そうして生きた命の証として、どこか遠い何かに向けて花を咲かせるのではないか。だから、名前のような、私との関係しか表さないようなものは似合わないし、必要がないのかもしれないなとも、思った。

第七話　揺れる水の向こうのブルー

小学生の低学年のころ、よく川で泳いだ。たしか中学校にはプールがあったはずだが、私たちが通っていた木造の小学校には、そんな洒落たものはなく、泳ぐのはもっぱら、大日ノ宮神社の近くの川だった。泳ぐといっても、何もクロールや平泳ぎの練習をするわけでも、何メートルを何秒で泳ぐなどという競争をするわけでもなかった。

私たちがわざわざ川にまで行って水に入るのは、あくまでも川の中にいる魚を取るためであって、泳ぐためではない。夏とはいっても山から流れてきた川の水は冷たく、少し長く水の中に入っているだけで、くちびるは真っ青になり、ぶるぶるぶるると体も震えた。実際問題として、私が泳ぎを覚えたのは、中学校に入って、授業で水泳を習ってからで、考えてみれば、そのころ私は、実はまだ泳げなかった。それでも私は、友達と連れ立って水中眼鏡と、ヤスと私たちが呼んでいた、魚を突くための、竹の棒の先に小さな銛を結わえ付けたヤリを持って川に出かけた。

　川の真ん中は流れも速く、下手をすると上級生でも危ないので、私たちは岸辺の浅いところに這いつくばって、流れそうになる体を、片手で必死に何かにつかまって支えながら、片手にヤスを握り、顔を水のなかにつけて魚を探した。水はきれいで、水中眼鏡を透して見る魚は、アユであれハヤであれオイカワであれウグイであれ、なんだか妙に大きく見えて、しかもみんな美しかった。

　せわしなく尾びれを動かすアユかなにかを見つけると、必死になって息をこらえ、狙いを定めてヤスで突く。しかし、そんな子どもの手に、やすやすと刺されてしまう魚などいるはずもない。苦しくて息が続かず、苦し紛れに顔を上げるその瞬間に、懸命にヤスを突き出すのだが、ヤスの先は、砂か石を突くばかり。

　上級生の中には、ヤスの棒の手元の方に、強力なゴムをくくりつけ、それを思いきり引っ張ったまま棒を手に持ち、ここぞという瞬間に手を放して魚を突く仕組の最新兵器を持っている者もいたが、そんな危ないものは小学生には許されておらず、あれさえあれば僕だって、と思ったりもしたが、私は、平気で決まりを無視したりするような子どもではなかったので、しかたなく、旧式のヤスで獲物を探した。

あまりにも上手くいかないのでヤスは諦め、手づかみで魚を捕ろうと、岸辺の、ちょっと穴があいているような場所を水中眼鏡で探して、そこに魚を追いつめるのだが、それでもなかなか魚は捕まらない。しかし、ときどき弾力性のあるアユの体が手のひらにあたり、思わず握りしめた手のなかで、ピクピクとアユが力強く体をくねらせて、するりと逃げて行ってしまったりもする。アユの体がヌルッとしているのは、たぶん、そうやって逃げ出すためにちがいないと思ったりもするが、その時の感動と無念さと、新鮮な手のひらの感触が、今でも私の手のひらに確かなものとして残っているのは不思議だ。

たまに、上級生たちが、飛び込みなどをしている深みの方へ、恐る恐る近づいてみたりもするが、そんなところで、泳げない私に何が出来るわけでもない。せいぜい足を滑らせて、水の中に倒れて水を飲んで慌てるのが関の山だったが、しかし、そんな冒険も、ある意味では楽しみのひとつで、浮かび上がる時に水眼鏡を透して見た、揺れる水の向こうの空の青さが美しかった。

あのころ夏の空はいつも青かった。夏休みになると小学生の私は、いつも二週間か三週間の間、祖父の家にあずけられたが、裸でスイカを食べたり、あまり年のちがわない、兄ちゃんと呼んでいた叔父さんのこぐ自転車の荷台にのって魚を取りに行ったりするのが何より楽しく、それは私にとって至福の夏だった。兄ちゃんにしがみつきながら仰いだ空も、なんだかいつも、とても青かったような気がするのはなぜだろう。

先日、超大型台風が日本を縦断した際、台風が過ぎ去った翌日に、雲ひとつない青空が広がったが、そのとき、こんな青空を久しぶりに見たと思った。考えてみれば今年は、夏のあいだじゅう、空は真っ青ではなく、うっすらと淡い雲の向こうに姿を隠してしまっているかのようだった。そして台風の後に広がった青空を見て、台風一過とはこのことだなあとは思ったが、しかし、連日のニュースが、方々の台風の被害を伝えていて、青く広がる空を見ても、晴れ晴れとした気持には、とてもなれなかった。それよりなにより、福島の原発のことや汚染水のことが頭をかすめた。

私たちは今、あまりにも多くの情報に囲まれて、近くの福島のことはもちろん、遠くの国々のことまでも、まるで隣の家の出来事のようにつぶさに知ることができる社会を生きている。それでいて肝心なことは、なにもかも霧の彼方に隠れてしまっているようにも感じる。

そんな情報の氾濫とリアリティの欠如のギャップに、人間の体がはたしてちゃんと耐えられるものなのかどうかはわからない。そうしたテクノロジーや仕組を、いつの日か、ちゃんと使いこなすことが出来るようになるのかどうかもわからない。

ただ少なくとも、子どもたちが空の青さを、花や魚の美しさを、素直に美しいものとして心にとどめられなくなるような社会にだけは、したくない。

一寸の虫にも五分の魂という言葉がある。だとするとタマシイは、体の半分もの大きさということになるわけだから、ずいぶん大きく、たとえば身長が一八〇センチの人間には、九〇センチもの大きさのタマシイがあるということになる。そんな大きなタマシイを人間が…？　とも思うけれども、心の底から怒りが込み上げてきた場合には、体全体に怒りが満ちて、それでも収まらずにブルブルと体からはみ出ようとするくらいだから、もしかしたら、タマシイというものは、その時々で、大きくなったり小さくなったりするものなのかもしれないなとも思う。

ところでタマシイに色はあるのだろうか？　それとも目には見えなくて無色透明なのだろうか？　なんとなく、そうではないような気がする。心が穏やかな時には淡いブルーだったり、怒ると顔が赤くなるところをみれば、その時、タマシイは真っ赤になっていたりするのではないかとも思う。

もう二十年ほども前のことだが、今は亡き父からこんな話を聞いたことがある。故郷の加賀の地で、父母は家の近くの土地で、自分たちが食べるための、ナスやトマトやキュウリやトウモロコシなどの野菜をつくっていたのだが、ちょうど食べごろになると、待ちかまえたようにカラスがやって来て、せっかく実った野菜を食べてしまう。

それも一個や二個をちゃんときれいに食べるというのであればまだしも、こっちで一口、あっちで一口と食い散らかして、どれもこれも、みんな駄目にしてしまうらしい。一体全体、何が面白くてそんなことをするのか、少しは育てる苦労を分かってほしいと思うくらい、まるでわがままな子どもが、遊び半分で食べ物を、そこらじゅうに食べ散らかすような荒らし方をするので、本当に情けなくなってしまったらしい。

そこで一計を案じた父は、ある日、ボール紙に大きな目玉をいくつか描いて、畑のあちらこちらに糸を張って吊り下げてみたらしい。父は画を描くのが上手だったので、その眼も、さぞかしリアルだったに違いないが、その首尾はといえば、なんと効果てきめん。その日を境にばったりカラスが来なくなった。

やれやれ上手く行った、と父は胸をなでおろしましたとさ、と目出度くハッピーエンドと思いきや、それから一週間ほど経った朝方、収穫に出かけた父は、そこで、とんでもない光景を眼にした。なんと数羽のカラスが、父が描いた目玉を地面に引きずりおろして足で押さえ、これでもかこれでもかとばかり、嘴で必死に突きまくっていたというのだ。それればかりか、時々目玉をくわえて首を振って放り上げ、落ちてきたのを目がけ、血相を変えて襲いかかるという、それはそれは凄まじい怒りようだったらしい。

真っ黒なカラスが顔色を変えるとどうなるのかは聞きそびれたが、それはともかく、「こんな目玉ごときに騙されたとは！」「にっくき目玉め!!」とカラスが言ったわけではないだろうけれども、カラスたちがものすごい剣幕で、野菜を食べることさえ忘れて怒りまくっていたという。父は呆然としたが、それでも何とか気力を振り絞って畑に走って行ってカラスを追い払ったのだった。

と、ここまではまあ、ちょっとした笑い話で済むようなことだったのだが、どうもそれからがいけなかったと父が言った。どうやらそれでは腹の虫が収まらなかった一羽のカラスが、父に恨みを抱いたに違いなく、それからというもの、父が畑に出かけて家に帰ると、家の大屋根の上に止まり、カアカアガアガアと、不気味な声を上げてさかんに鳴くようになった。

「あの目玉を描いたのはあいつだぜ」「ここが、あのにっくきオヤジの家だぜ」などと言っているに違いない。そのウルサイことウルサイこと。それが毎日続いたというのだからかなわない。

それは騙されたカラスの抗議のシュプレヒコールだからしようがないなどと、のんびり構えていられるほど、カラスの声は美しくもなければ可愛くもなくて、ただただ不気味なばかり。しかもカラスは頭が良いうえに獰猛。万が一、歩いているところを空から本気で襲われたりしたら、老いた父は防ぎようがない。

それでなくとも、大屋根の上で鳴くうちにいつか、「よしこの瓦をはぎ取ってやろう」などということを思い付かないとも限らない。目玉を吊ってあった糸を食いちぎり、目玉を放り投げたりできるカラスが、瓦の一枚や二枚剥がせないわけがない。あの怨念の強さを考えれば、何があっても不思議ではない。父の脳裏には一瞬、瓦が一枚残らず落とされて丸裸になった大屋根の姿が浮かんだと言う。

私がその話を聞いた時には、大屋根にカラスの姿はなかったから、しばらくして、カラスの怒りもひとまず鎮まったのかもしれないが、しかし油断はできない。なにかの拍子にカラスに、怒りの記憶が蘇らないとも限らないからだ。

ともあれ、大小取り混ぜ、いろんなタマシイが、生きものの命の数だけあるけれども、そうして怒っていたときのカラスのタマシイは、その黒い体のなかで、はたして、どんな色をして、どれほどの大きさだったのだろう。

第九話　センパイの涙

先日、生まれ故郷に帰った際に、ふと思い立って、小さい頃に住んでいた家の辺りを歩いてみた。道路は当然のことながら舗装されていたが、小学校の低学年の私の毎日の遊び場だった頃の道路は、まだ、やや白っぽい粘土質の土に砂利が混ざった土の路で、今でも何となく、その渇いた土のにおいがふっと蘇るのは不思議だ。

小学生から中学生にかけて住んでいた十六区にあった家は、一区に引っ越した際に、ある人に買い取られ、やがてそこは料亭になった。料亭は今もそこにあったが、建物自体はすでに建て替えられていた。すでに何十年も経つので、近所のほかの家々もほとんど建て替えられていて、ただ、面影は変わったとはいえ、道路や街の区画そのものは、ほとんど昔のままだった。

私が高校生になるまですごした故郷の山代温泉という町は、それほど大きいわけでもないのに、なぜか区という、まるで大きな都市のような区画割りがされていて、全部で一区から二十区まであった。一区は街の西の端、二十区は東の端で、そこには祖父の家と果樹園があった。二十区には母の姉の一家も住んでいて、両親が一区に土地を買い新しく家を建てて移り住もうということになった時、母が、自分の親や姉の家から遠く離れた場所に行くことを、なんだかとても寂しがり、妙に心配していたことをよく覚えている。

たしかに一区と二十区は離れてはいたが、しかしおおげさに区という名前で分けられてはいても、町は小さく、大人の足で歩けばせいぜい三十分ほどでいける距離でしかないではないかと、今になってみれば思う。台湾育ちの母は普段は気丈で、物事に動じることのない人だったけれども、もしかしたら、案外、寂しがりやだったのかもしれない。

ただ考えてみれば、その頃、子どもだった私の生活圏も極めて小さく、先日歩いてみれば、私たちの遊び場だった範囲は、一回りしても、せいぜい五分程度の家の近所で、そのあまりの小ささに驚いたが、私たちは、十六区と呼ばれたその区域の一角を出て遊ぶことはめったになかった。遊ぶときも、十六区の子どもたちは十六区の子どもたちどうしでいつも遊び、ほかの区の子どもたちとは、たまに、稲が刈り取られた後の渇いた田んぼで、野球の対決試合をする時くらいしか交わらなかった。

もちろん学校ではすべての区の子どもたちが入り混じっていたし、そういうことはあまり関係なく遊ぶのだが、いざ家に帰ると、いつも同じ区の中に住む子どもたちと遊んでいたのは不思議だ。

私は、どちらかといえば少し変わった、やや単独行動の多い子どもだったので、一人で昆虫などを求めて一区の外れの森や、二十区の祖父の果樹園に出かけて行ったりもしたが、それでも、みんなで集まって遊ぶ時には、いつも十六区の子どもたちの中で遊んだ。

その頃の子どもたちは、とくに男の子は、少人数の時には歳の近い子どもたちと遊び、大勢で野球をしたりグンキ（第三話、クマンバチ作戦参照）をしたりする時は、私のような小学校の一年や二年の子どもから六年生までくらいの歳の入り混じった子どもたちがいて、なかには中学生になっても、なにやら指導者か何かのように遊びを指揮する大きな子どももいた。

私が一、二年生だった頃には、そのような中学生の年上の子が二人いて、今でも顔を覚えているくらいだから、よほど一緒に遊んだのだろう。もちろん小学校の低学年の子どもにとっては、六年生や、まして中学一年のセンパイともなれば、兄貴分というより、ほとんど大人に近い存在で、路で野球の練習をしたりする時は、そのセンパイが仕切って、お前はピッチャーを、お前はファーストを、というふうに振り分けられて練習をした。

しばらくすると二手に別れて試合をやらせてもらえたが、センパイが二人いたのは都合が良く、二人が両軍の監督兼キャッチャーになって試合を進める。今から考えると、その二人は兄貴分としては実に良くできていて、その二人が居る時はケンカもめったに起こらず、起きてもすぐに二人に叱られたりなだめられたりして、すぐに遊びが再開した。

中学校の教師をしていた母親によれば、その二人は中学ではどうやら、成績が極めて悪く、ほとんど落ちこぼれのようだったらしいが、しかし私たちとの遊びのなかでは実に面倒見が良く、彼らのおかげで、私たちはずいぶん楽しく和気あいあいと遊ぶことができた。おそらく二人は、勉強などするより、小さい子どもたちと遊んでいる方が楽しかったのだろう。


そんなある日、とんでもない事件が起きた。実は同じ区に中学三年生の評判のワルがいて、三年生なのでさすがに子どもたちの遊びには顔を出さなかったのだが、何を思ったのかある日、私たちが野球をやっているところにそのワルが現れて、全員俺の家に来いと招集がかかった。おそるおそるみんなでワルの家に行くと、全員玄関の前に坐らされた。みんなが神妙な顔をしていると、ワルは自分が履いていた真新しい桐の下駄の片方を頭の上にかざして言った。

「見ろ。昨日買ったばかりの下駄の歯が欠けてしまった。これからお前たち全員で、この欠けた部分を探せ。見つけるまでは家に帰るな」

そんなバカなと、幼い私でさえ思った。たぶんセンパイもそう思ったのだろう、よく覚えてはいないが、おそらくは先輩が何か言ったのだろう。ワルはいきなりセンパイを殴りつけ、殴られたセンパイが悔しそうに、なんと涙をこぼしたのだ。センパイの涙を見たのはそれが初めてだった。大きい子でも泣くことがあるんだとも思った。

ほかの子たちも、それで動揺したのだろう。私たちは慌てて、欠けた下駄の小さなカケラを探しに外に出て、砂利の混じる土の路の上を必死で探した。もちろんそんなものが見つかるはずもなく、やがて日が暮れ、私たちは一人また一人と、こっそり姿を隠すようにして家に帰った。それはいま想い出しても、なんとも理不尽な、納得のいかない出来事だった。

ところが後日、母から面白いことを聞いた。そのワルが、たぶん何か目に余ることでもしたのだろう。相撲部の主将に呼びつけられ、裸にさせられ土俵に上がらされて、ぶつかった瞬間に投げ飛ばされたうえ、主将に馬乗りになられて頭を押さえつけられたため、とうとう涙を流して許しを乞うたとのことだった。私はなんだかセイセイした。

そのころ、近所の子どもたちの相手をしてくれたのが、そのワルではなくて、気の優しい二人のセンパイだったことは、私にとって、本当に幸いなことだったと、つくづく思う。

第十話　二つのコトバ

もうずいぶん昔のこと。小学五年生のとき、私は自転車で転んで、生死の境をさまようような大怪我をした。怪我といっても外傷はほとんどなく、転んだ拍子にハンドルの柄でお腹を強く打ち、打った辺りがうっすらと赤くなるほどの打ち身に見えたが、後でわかったことには、その衝撃で、膵臓が破裂し、そこから漏れ出た膵液が、十二指腸を含め、内臓のいたるところを溶かしてしまったのだった。とても珍しい、馬に蹴り上げたりなどされなければ、とても起きないような怪我であったとは、後になって聞いた。

単に自転車で遊んでいただけだったのに、どうしてそんなことになったのか。子どもの頃はだれでも、ある程度大きくなると、それまで乗っていた子ども用の自転車に乗るのが恥ずかしくなる。私は、比較的おとなしい子どもではあったけれども、五年生の頃になると、活動範囲が次第に広くなり、悪いことの一つや二つも覚え、あまり勉強などできないけれど、身体能力の高い、すこし不良っぽい子たちと遊ぶことにも興味を覚え始める。

ある日私は、家が新聞屋の同級生と遊んでいた時、親の自転車を持ち出し、新聞配達を毎日していて大きな自転車を軽々と乗り回すことができるその子と一緒に、自転車に乗って街の外れまで遠出をした。彼が私を連れて行ったのは、薬師という山の中腹にある神社の境内で、そこには急な坂道があり、そこを走り降りると、スピードが出て、スリル満点ということだった。実は私が大人用の自転車に乗ったのはその日が初めてで、それで走ること自体が、すでに私には難しいことだった。

神社につき、二人でそれぞれ自転車を引いて坂の上まで上ると、新聞屋の子は、なんのためらいも見せず勢いよく坂を自転車で駆け降りていった。しょっちゅう、そうして遊んでいたのだろう。しかし私は、砂利を敷き詰めた、まるで転がり落ちるような急な坂の上から、遠く下の方にいる子を見た時、なんだか、言いようのない不安を覚えた。

それでも意を決して下り始めたとき、すぐにスピードが出て、気がついた時には、坂の途中で転んでいた。なぜか私は起き上がり、坂道の脇の草むらまで行き、そこに倒れ込んだ。そしてそこでお腹を見たところで、意識が消えた。

気がついた時は、家のふとんの中だった。後で聞いたところによると、新聞屋の子が、頑丈な自転車の荷台に私を乗せて家まで運んでくれたらしい。私は覚えてはいないのだが、その途中、私は痛い痛いと言い続けていたらしい。

私の両親は、中学校の教師をしていたので、その時は二人とも家にはおらず、枕元には、かかりつけのお医者さんがいた。おそらく新聞屋の子が呼んだのだろう。お医者さんは、私にお腹を氷で冷やすように言い、多分、新聞屋の子がすぐに氷を買いに行ってくれたのだろう。私は氷を包んだ手ぬぐいをお腹に乗せて、眠った。

目が覚めた時には隣町の評判の医師の病院だった。そのことは後から聞いたが、そこで先生と両親とが話をしていた。少し薄暗く、手術で切り取った何かがホルマリン漬けにされている瓶がたくさん並べられた、なんだか不気味な感じのする部屋だった。その時、医師は、こんな子を預かったら病院がつぶれてしまう、というようなことを言ったらしい。

そこから私の記憶はすっかり飛んでしまっているのだが、すぐに私は金沢の金沢大学付属病院に連れて行かれたらしい。病院に着くなり、病院の外科部長をされていた先生、それはト部先生という、近代手術史のパイオニアの一人とされている名医だったことは後から知ったが、そのト部教授が、「万に一つの可能性もない状況ですけれども最善の努力をいたします」と母親に告げて、すぐに助教授と共に手術室に入ったらしい。手術は長時間に及び、そこで、膵臓が破裂していろんな内臓を溶かし始めているということがわかったが、特に危険だったのは、十二指腸の一部がすでに溶けて破れていることだった。私の体から流れる血の量と、輸血の量との競争のような手術は、もうこれ以上は私の心臓が持たないという時点で、時間切れとなって中断された。この時の手術では、問題の箇所を発見することと、たくさんあったその部分の応急の手当をすることで精一杯だったらしい。大量に輸血をするため、また手術の妨げにならないように、足のくるぶしの血管を切開して輸血をしていたとのことで、私の両足には、まだその時の傷が残っている。

それから一週間後に、二回目の手術をした。このとき、麻酔を打たれてベッドごと、どこかへ連れていかれたことだけを覚えている。その時看護婦さんが、「坊や散歩に行こうね」と語りかけてくれ、なんだかそれが嬉しかった記憶がある。とにかく私の記憶は、全く断片的で、多分、朦朧としてほとんど眠っていたのだろう。二回目の手術は一回目に仮縫いしたところをちゃんと縫い合わせたりすることなどに費やされたらしい。手術は一週間後にもう一度行われ、この時は、やり残したことがないかを調べ、お腹の中をきれいに清掃するためだったらしい。

ともあれこうして私は、その後、七ヶ月も入院してこの世に帰還したが、最初の頃は、何ひとつ口にすることはできず、えんえんと輸血をしたり点滴をしたり、とんでもなく太い針の大きなリンゲル注射を、たしか朝夕、二本ずつ打たれたりしていて、「坊やもう、針を射すところがなくなっちゃった」と看護婦さんに言われたのを覚えている。

最初の頃、私はずっと目隠しをされていたが、それは、流れ出る血液や体液を抜くための管が何本も、お腹から上へ下へと出ていて、それを見たらショックで気力が持たなくなるかもしれないという配慮だったらしい。しばらくすると目隠しはとれたが、なにしろ十二指腸が縫い合わされていたため、水を飲むことも、もちろん何かを食べることもできなかった。多分、注射ばかりでは栄養が足りないということと、腸の癒着を避けるためだったのだろう、口から小腸の少し先までゴム管が通されていて、しばらく経ってからは、その管に液体状にしたほうれん草やお粥を注射器で少しずつ入れて食べた。

まだ子どもだった私の回復力はかなり早かったらしい。確か五ヶ月ほどした時に、そのゴム管を取ることになった。その日のことはよく覚えている。両親は学校に行っていていなかったが、看護婦さんたちが見守る中、主治医の先生と私とが、呼吸を合わせながら、少しずつ少しずつ、たぐり寄せるようにして、ゴム管を体内から抜いた。どれだけ抜き出しても、どこまでもあるように思えたゴム管は、おそらくは耐久性が限界に達していたのだろう。もうドロドロになっていて、切れそうだった。もう少し、もう少しと励まされながら、その場にいた全員が心を一つにして管を抜いた。

そうして抜き終わった時、これで助かるのだと、子どもながらに感じた。見れば看護婦さんたちが「坊やよかったね、坊やよかったね」と言いながら、ボロボロ涙をこぼして泣いていた。先生も私も、涙が溢れて止まらなかった。

そんなことがあって、九死に一生どころか、確率を完全に無視して私は命をとりとめ、なんと還暦を過ぎてもまだ生きている。この幼い日の病院暮らしのなかで、私はたくさんの言葉に触れた。

なかでも二つ、決して忘れられない言葉がある。一つは、最初の手術をする時、万に一つも、という先生の言葉があったからだろう、手術中の待合室で祖父が、娘である母に対して、先生があぁ言っておられるのだから、覚悟をして、何があっても、というようなことを言った時、母が、「そんなことを言う人はもう、親でも子でもありません。帰ってください。この子の命は私が助けます」と、毅然と言ったことだ。

そしてもう一つは、最初の手術から病室に戻り、卜部先生の最初の回診のとき、偉い先生が診てくださるんだよ、と言われていた私は、先生が側に立った気配を感じた時、目隠しの向こうの先生に向かって、「先生、僕は助かりますか？」と聞いた。そのとき、一瞬の間を置いて先生は、「私が助けます」と言ってくれた。

後から聞けば卜部先生は、まさかそんなことを子どもに聞かれるとは思っていなかったのだろう。みるみる顔が真っ赤になって、一瞬、うろたえた表情を見せたらしい。けれど、目隠しをされていた私には、それはわからなかった。もし、その言葉がなかったら、私が治療を耐え抜くことはできなかったのは確かだ。

この二つの言葉が、私の命をこの世にとどめてくれたのだと、今でも思う。だから私は、言葉には、心と力が宿っていると、思う。

第十一話　シムラの爺ちゃん

　小学校に入る前、両親と私とは、町のはずれの、シムラというところにある母方の祖父の家に住んでいた。そのあたりが、どうしてシムラと呼ばれていたのかはわからない。もしかしたら、もともとは新しい村という意味で新村と呼ばれていたのが、なまってシムラとなったのかもしれない。

　ともかくそこには、神社の隣に祖父の家があり、家の後ろには果樹園があって、祖父はそこで梨と桃と葡萄を栽培していた。果樹園というのは、ずいぶん手間のかかる仕事で、祖父は昼間はいつでも、果樹の棚が何処までも続く（と幼心には想えた）果樹園のなかにいて、細くて鋭いハサミを持って、梨の小枝を剪定したり、白い花が咲いた後に付いた小さな緑の梨の実の、三つ四つ一緒になっているのを、一つだけ残して間引いたり、小さな手動式のポンプを背負って、手でハンドルを回しながら、虫がつかないように消毒をしたり、実が少し大きくなれば袋をかけたりしていた。

　そのための袋も手作りで、四角く切った紙を炬燵の上にたくさん積んで、祖母がよく袋貼りをしていた。手先が器用だった私は、よくそのお手伝いをした。祖母が何十枚か重ねた薄い紙を、手のひらを上に向けて爪で優しくなでるようにすると、紙の山はたちまち崩れて、五ミリ程度の、糊をつける部分を残してきれいに並ぶ。そこに刷毛でさっと糊を塗り、糊が乾く前に急いで紙を折り畳む。

　私もせっせと紙を折り、それが百枚とか二百枚とかになると、祖母は、「偉かったねえ、それでは……」と言いながら、その日の私のお仕事代としてお小遣いをくれる。それが嬉しくて、よく袋貼りをした。


　梨や桃や葡萄に袋をかける時には、私の父も母も、親戚の家の人も総出で、お手伝いの人にも加勢をしてもらって一気に袋かけをする。袋をかければ、それで収穫まで大丈夫かといえば、そうでもなく、私が爺ちゃんと呼んでいた祖父は、しょっちゅう果樹園に出て、虫が食った実や、病気になって色が少し変わった葉を落としたり、また消毒をしたりなどして、いつもいつも果樹園の中にいた。

収穫の頃は楽しかった。もちろん梨も桃も商品なので、きれいな実は大事に採って小屋に運び、二十世紀梨ならその文字と淡い模様の入った半透明の薄い紙で優しく包んで、紙の末端に小さな金色の丸いシールを貼る。

けれど、虫が食ったりして出荷できない実もあるので、収穫をしている爺ちゃんの周りで遊んでいると、ときどき呼ばれて梨や桃や葡萄を食べさせてくれる。「こういうのがほんとは美味しいんだよ」と言いながら爺ちゃんは、ポケットから折畳みナイフを出すと、虫が食った梨の、黒くなったところをスパッと切り落とし、私のために一口分を切り取ると、素早く、良く切れるナイフで皮をむいて食べさせてくれる。私はあんなに美味しい梨や桃をあれ以来、口にしたことがない。

爺ちゃんはずいぶんお洒落な人で、年寄りなのにパンが好きだったし、果樹園の葡萄でワインをつくって、それをクリスマスに家族に振る舞うのを楽しみにしていた。ワインは、布の袋に葡萄を入れて洗濯板でゴリゴリと、まるで洗濯でもするかのように揉み、それを絞って大きな専用のガラス瓶に入れて押し入れで寝かす。葡萄を搾るのはなぜか、神戸にお嫁に行った祖父の末娘の役割だった。祖父のワインは、想い出せばまるでシェリー酒のような、少し強い味だったけれども、それでもなんだか妙に良い香がした。

祖父には三人の娘と一人の息子がいた。私が五歳になる頃には、末娘も結婚していて、私の母の姉にあたる長女には四人の娘がいた。クリスマスになると、祖父はそんな家族の全員を呼び集めて、なぜか、すき焼きパーティをやってワインをみんなに振る舞う。

神戸のおばさんも、特別のことがなければ旦那さまを連れてやってきて、それぞれの家が、その家族のために用意された七輪にすき焼鍋を乗せて、たくさん用意された肉やネギなどを入れてすき焼きを食べる。その頃は牛肉は高価だったので、それはもうずいぶんなご馳走で、私も嬉しくてしようがなかった。でも、ワインはいつも一口なめるだけで、あとはサイダーにしてもらった。

戦争中や戦争前は、祖父の一家は台湾にいた。私の母もそこで育ち、台北の師範学校に行くなどして、それなりに不自由のない生活をしていたが、敗戦にともなって本土に引き揚げてきた、いわゆる引揚者で、生真面目な祖父は、お国から言われるままに、全ての財産を台湾に残し、許可された金額の現金のほかは、貴金属も何も持たずに引き揚げてきたらしい。

ただ、そんなこともあろうかと果して思ったのかどうか、すでに生まれ故郷に果樹園を買ってあったことが、その後の一家の生活を支えることになった。祖父には、それまで果樹園をやった経験などなく、四人の子どもを抱えて、何もかもゼロから始めなければならなかったのだから、さぞかし苦労をしたのだろうと想うけれども、愚痴を言うような人ではなかったので、私は祖父から苦労話などを聞かされたことは、一度もない。

私の故郷の石川県では、あまり裕福ではない家の次男や三男が、開拓者として北海道に行くことがよくあったらしく、祖父もそんな一人で、北海道に養子に出され、そこで勉強をして騎兵になったということだった。

馬が好きで、騎兵としてロシアにまで行き、「ロシアは寒いから、馬の毛がこんなに長くなるんだよ」などという話もよく聞いた。ロシアから北海道に戻り、台湾にはそれから行った。

爺ちゃんは音楽が大好きで、若い頃はいつでもハーモニカを吹いていたらしい。本当はクラリネットが欲しかったらしいのだけれども、買ってもらえず、それでも学校にあったのを使って覚えたのだろう、引き揚げて果樹園をやるようになってから、中学校の音楽の教師になってブラスバンドを指導していた長男が、学校から家にクラリネットを持って来た時、いきなりそれを吹いて奇麗な音色を出してみせた。

バイオリンも妙に上手だった。恒例のすき焼きパーティの席で、音楽教師になった息子がバイオリンを持ち出してきたことがあったが、私たち孫はみんな面白がって変な音をだして遊んだが、しばらくすると爺ちゃんがバイオリンを手に取り、まさかと思う間もなく、ヒュンヒュンヒュンと、軽快な音を出し始めた時には驚いた。

それはクラシックのそれとは全く違う、今にして想えば、なんだかハンガリーかどこかのジプシーバイオリンのようだった。何十年も弾いていなかったはずなのに、どうして弾けるんだろうと、本当に不思議だった。


爺ちゃんとの想い出は、語り尽くせないほどあり、想い出すたびに本当に恋しくなるが、そんな爺ちゃんとの想い出のなかで、最も私の記憶に深く刻まれているのは、なんといっても、爺ちゃんが私を寝かせる際にしてくれたお話だ。

勉強家で、歴史物語が大好きだった爺ちゃんは、義経や、木曽義仲や、真田十勇士や、黒田官兵衛や、後藤又兵衛や、諸葛孔明などの話を無尽蔵に知っていて、私が三歳から六歳になるくらいまでの間、そんな彼らのお話を面白可笑しく、毎晩、私に語り聴かせてくれた。

爺ちゃんは本を読んでくれていたわけではないので、自分が知っていることを、孫の私の興味に合わせて、即興で話を創って語り聴かせてくれたのだろう。とにかく、私にはそれがなによりの楽しみで、毎晩、途中で寝てしまった前の晩の話の続きを、目が冴えれば別の話をねだり、爺ちゃんは嫌な顔など一度も見せずに、義経や軍師たちの話が大好きな孫に、そのつど違う話を布団のなかで語り聴かせてくれた。暗くした部屋の布団の温かさが、今でも蘇ってくる。

考えてみれば、両親と一緒に寝た記憶が全くないので、私が小学生になるのに合わせて両親が家を建てて、祖父の家から引っ越すまで、ようするに私は、いつも祖父の部屋で寝ていたということなのだろう。

あんなふうにして、シムラの爺ちゃんが毎晩、お話を語り聴かせてくれなかったとしたら、おそらく、私が本を書く人になることはなかっただろうと、思う。

第十二話　クヌギ山のことなど

小学校の、たしか三年生の頃だったと思う。夏になればカブトムシやクワガタムシを捕ることが何よりの楽しみだった私は、小さな頃は、シムラの爺ちゃんの果樹園の端にあるクヌギの木で、少し大きくなってからは、ちょっと遠出をして、町の西にあった一区の、私たちがオオノミヤと呼んでいた神社の近くの林にまで遠征したりもした。

オオノミヤは、すぐ側を川が流れていて、水もきれいだったので夏にはそこで泳いだりもした。一区は町の外れなので、十六区の私の家からは、たぶん、子どもの足で二十分くらいはかかったように思う。車社会の今では、ほんの近くと言っていいほどの距離なのだが、子どものころの私にとっては、ずいぶん遠く、カブトムシや川で遊ぶという目的がなければ、気軽にでかけていけるような場所ではなかった。

ただ、オオノミヤの近くには、同級生の家が四軒ほどあって、それなりに親しくもあったので、ほかの地区よりはいくぶん行きやすかった。私の故郷の山代温泉は、千二百年も前から温泉が湧いていたとかで、旅館の子どもも多く、オオノミヤの近くの友だちの家も、そのうちの三つは温泉旅館だった。しかし、ずいぶん経ってから、一つは自主廃業し、ほかの二つは倒産して今はない。

旅館といえば、その頃は羽振りが良く、家構えも堂々としていて、美しい中庭などもあり、子どもの感覚では、大昔からずっとそこにあるものだとしか思えなかった。

ともあれ、そうして行動範囲がやや広くなり始めていた私は、オオノミヤのほかにもカブトムシがいるところがあるはずだと考え、ある日、意を決して、歩いて十五分ほどの、シムラの爺ちゃんの果樹園がある、街の東の端の二十区に至る道を、探検と称して、そのままずっと遠くにまで歩いていってみることにした。その頃の私は、二十区より先に行った事はなく、というより、山代の町は二十区までしかなかったので、そこを外れれば、すでにほかの村だった。

見知らぬ道を行けば心細く、家もなくなり、まわりが田んぼばかりの道は、どこまでも、はてしなく続いているようにも感じられ、帰り道が分らなくなったりしないよう、二十区から続いている少し大きめの道だけを歩く事にして、そのままどんどん遠くへと向かった。

私はそれほど活発な子どもではなかったが、今にして思えば、多少向こう見ずな、おとなしかったわりには、恐いもの知らずのところがあったのかもしれない。そのままかまわず道を行くと、そのうち向こうの方に、こんもりと木々が生い茂る、お椀を伏せたような、それほど大きくはない山が見えてきた。

山の木々を見れば、生い茂っている木は、松でも杉でもなく、どうやら雑木のようだったので、あそこに行けば必ずクヌギの木があるはずだ、こんな町から遠く離れた山であれば、カブトムシもクワガタも、いっぱいいるにちがいない。そう考えた私は、迷わず脇道に入り、ひたすらまっすぐ山を目指した。

田んぼの真ん中に、なぜかポツリとあるその山は、着いてみれば思った通り、クヌギやコナラなどの木々の山で、少し分け入れば、そこはもう、カブトムシやクワガタムシの宝庫のような山だった。珍しいミヤマクワガタまでもいた。

カラスアゲハなどのチョウチョなども飛んでいて、こんな宝の山が、こんなところにあっていいものだろうかと狂喜した私は、山の中を歩き回り、考えられないほど多くの獲物を得て、その宝の島をクヌギ山と名付け、得意になって家に帰った。

クヌギ山はもう、その頃の私にとっては、海の彼方へ冒険の旅に出て発見した宝島のようなものだったので、当然のことながら、それは自分が発見した秘密の狩り場であって、このことは誰にも教えないようにしようと、帰り道を帰りながら、私は固く心に誓った。夏の間、さらに二度ほど私はクヌギ山を訪れ、その度ごとにたくさんの獲物を得て、リンゴ箱に網を張ってつくった虫たちの家は、カブトムシやクワガタでたちまちいっぱいになった。

やがてカブトムシもいなくなり、夏休みも過ぎ、やがてクヌギ山のことはすっかり、私の頭から消えてしまった。

ところが冬が来て、野山が雪をかぶった頃、私はふと、クヌギ山のことを思い出した。そうだ、あのなだらかな山は、スキーには最適にちがいない。木々の間にはたしか、緩やかな、スキーにぴったりの小さな坂もあった。そう思った私は、買ってもらったばかりの、長靴にゴムでスキーをとめる小さなスキーを持って、再び、誰にも何もいわずにクヌギ山に向かった。

これはいまになって考えればそうとう無謀なことで、もし山のなかで転んで足でも折ったならば、そのまま動けず、田んぼの中の、雪が降り積もった山の中から叫んだところで、その声が、誰かに届くはずもない。

しかも山というのは雑木が多く、そんなところでスキーにのれば、木にぶつかったり、木の根っこに乗り上げて、倒れて頭を強く打ったりなど、それこそ何が起きるか分からない。しかし私の頭の中には、そんな分別など微塵もなくて、ただ一人で好き勝手に滑ることだけを考えて山に行き、そして山のなかに分け入って、適当な斜面をみつけて、そこで滑った。

ただ、はっきり言って、雑木林の中は滑りづらく、だいいち、スキーが上手でもない私は何度も転び、ついには小枝で顔を突き刺しそうになって、ヒヤッとしたのを機に、スキーは止めて家に帰った。

そして翌年の夏、私は待ちきれない想いを抱えて、再び私の宝島のクヌギ山に向かった。が、しかし、なんとクヌギ山は、幻のように消えてしまって、もうそこにはなかった。

私には目の前の現実が理解できなかった。あんなにたくさんのカブトムシがいたクヌギ山。あんなに木々が生い茂っていたクヌギ山。スキーだって滑ることができたクヌギ山。

その山が、どうして無いのか？　山が消えてしまうなんてことが、あるのか？

しばらく私は、田んぼのなかの、赤土が平べったく広がっているばかりの、だだっ広い、クヌギ山があったはずの場所で、ただただ立ち尽していたが、やがて私の頭は、自分が発見した宝島を、どうやら大人たちが、ブルドーザーで壊し、平らにしてしまったのだということに気付いた。

なんということを。あんな宝の山を、どうして……

それからもう、私がその方向に足を向けることはなかったが、ずいぶん経ってから、なにかの拍子に、誰かの車でそのそばを通った時、そこには、家々が建ち並んでいた。

第十三話　ヤタのひとびと

幼い頃から、たぶん小学四年生の頃まで、私は夏になると毎年、自宅があった山代温泉から、父親の実家のあるヤタという村に行き、お盆のあたりに二週間ほど、その家の人たちと共に一緒に暮らすのが習慣になっていた。行く時は親に連れていってもらうのだが、両親はすぐに山代に帰り、なぜか私だけがヤタの家に残り、そこでみんなにかわいがられて楽しく時を過ごした。

山代からヤタまでは、せいぜい一五キロほどで、今なら自動車ですぐに行ける距離だが、そのころは自家用車などを持っている人は、まわりには全くおらず、もちろん我が家にもそのようなものはなかったので、ヤタには、電車やバスを乗り継いで行ったために、幼い私にとってみれば、ちょっとした旅行のようなものだった。

ヤタは、柴山潟という潟に面した小さな村で、村の家々はほとんど、柴山潟沿いにある赤茶けた道にポツンとあるバス停から、長い坂道（と私には感じられたが、実際にはそれほどでもなかっただろう）を上りきったところにある高台にあって、村人はみんな知り合いだった。

ヤタでは、それぞれの家にはもちろん名字があったはずだが、なぜか誰も名字では呼ばれておらず、どの家にもみんな、キッチョムサとか、ゴロンゾとか、幼心にも不思議な響きの通り名があって、誰もがその名前で呼び合っていた。

ちなみに父の実家の名字は谷口だが、誰もそうは呼ばず、みんなからはなぜか、ゼンコウジと呼ばれていた。長野の善光寺と関係があるのかどうかはわからない。ただ、その家はかなり大きく、ときどき近くの動橋《いぶりはし》の谷口家の菩提寺から住職さんを招き、大きな仏壇のある仏間で、村のおばあさんたちを前に法話をしてもらっていたりしたので、もしかしたら、そのようなことと関係があったのかもしれない。

かつて百姓たちが、一向一揆で侍たちに反抗し、百姓が治める国と称して、全国で唯一、民による自治を百年ものあいだ行った歴史がある私の故郷の加賀では、浄土真宗の信仰が盛んで、多くの人がお経を読めた。

後に私の母の葬儀のときにも、僧侶が唱えるお経に合わせて葬儀会場の弔問客が、まるで合唱のようにお経を唱和してくれ、暮らしにとけ込んだ信仰の深さに改めて驚いた。

ヤタの家での法事のときにも、御坊さんが身近な世間話から話を始めて、ニコニコと柔らかな表情で、面白おかしくみんなを笑わせながらの話の中に、ごく自然に仏教の教えを織り込み、短い小咄のような話の終わりを「〜〜〜なんやぞ〜」という言葉でしめると、それに合わせておばあさんたちが全員で手を合わせて、実に絶妙のタイミングで「なんまんだぶ、なんまんだぶ」を声を合わせる。

それが延々と繰り返される様子が面白く、私はいつも御坊さんの隣に坐って一緒にお話を聞いた。というより、御坊さんとおばあさんたちとの親近感に満ちた、どこか音楽的なやり取りの場にいるのが、なぜか好きだった。おばあさんたちは、小さな私が、抹香臭いその場でおとなしくしているのが不思議だったのか、よく「キトクな子や」と言われたりもした。

私の父は長男だったので、私はその家にとって初孫にあたる。田舎のなかの田舎ともいうべきそのあたりでは、基本的に長子が大切にされていた。ただ、教員となった私の父は、職場で母を見初めて結婚したものの、加賀の生まれではあっても台湾育ちの母が、その地の文化風土やしきたりに全くなじめなかったため、家督を次男の叔父に譲って家を出た。

そんなわけで父母は実家を離れて山代に所帯を構えたのだが、それでもお盆などで実家に帰る度に、父は長男としての、そして私は初孫としての扱いを、みんなから受けた。

たとえば、食事をするときには、私は一番年下だったにもかかわらず、祖父の隣で、脚のついたお膳を並べて上座でご飯を食べた。父がいる時は父も横に坐って、要するに長子だけがお膳で、焼き魚などの料理が添えられた食事をとった。

ほかの人はどうしていたのかといえば、かなり記憶が曖昧なのだが、思い起こせば、たしか、家督を継いだ叔父は、私たちの斜め前あたりで食事をとり、女の人や、父のほかの兄弟や私以外の孫は、台所の近くの大きなテーブルに坐って、みんなで一緒に食事をしていたような気がする。

考えてみれば奇妙なことだが、最初からそうだったために、私はそのことを特に変だとは思わなかった。ただ子ども心にも、なんとなく、どうしてだろうと感じた記憶はあり、だから、その情景をぼんやりとはいえ覚えているのだろう。

祖父は近くの学校の校長先生をしていた。痩せていて無口で、背は大きくはなかったが、なんだかとても厳しく怖い人だという印象がある。ときどき祖父の怒鳴り声が家に響いたりしていたせいだろう。私は実際には祖父からも誰からも怒られたことはなく、ときどき、おじいさんが呼んでいるからと言われて、仏間の先にある、裏の庭に面した奥の間に行き、そこでお小遣いや切手や古銭をもらったりもした。

そんなときは笑顔だったから、頑固で厳しい祖父にしてみれば、私のことをかわいがってくれていたのだろう。どこかひんやりとした空気が沈む、祖父のいる奥の間は和洋折衷で、庭に面した縁側には籐の椅子が置いてあり、その部屋のためのトイレもあった。

その家に住んでいたのは、祖父母、次男の叔父夫婦と彼らの長男と長女、父の妹にあたる嫁入り前の叔母、そして四男にあたる、その家の末っ子の叔父だった。その叔父は、長男だった父からはずいぶん歳が離れていて、私とは五つしか違わなかった。やはり教師だった三男の叔父は、所帯を持って近くに家を建てて住んでいた。

末っ子の叔父はその家ではなぜかボクと呼ばれていたが、私はあんちゃんと呼んで、まるで年上の兄弟のように彼を慕い、あんちゃんも何かにつけて、私をずいぶんと可愛がってくれた。私が毎年夏に、行かなくてはならないようにしてヤタに行き、一人でそこにとどまっていたのは、たぶん、あんちゃんに遊んでもらいたかったからだろうと思う。

もちろん、それ以外にも楽しみはあって、私がヨシオおっちゃんと呼んでいた次男の叔父は、大きな田んぼを継いでお百姓さんをしていたが、私にとってはスイカづくりの名人だった。私が昼寝から目を覚ますと、すぐにヨシオおっちゃんは、井戸で冷やした大きなスイカを抱えて現れ、大きな包丁でバリンバリンと割り、大きく切った美味しいスイカを食べさせてくれた。私は裸になっておなかが一杯になるまでスイカを食べ、誰かがいるときには、ヨシオおっちゃんは、もう一個、大きなスイカを割ってくれたりもした。

スイカを食べたり、ご飯を食べたりする以外のほとんどの時間を、私はあんちゃんと一緒に過ごした。今でも自分はマタギだと称して、山に行ってイノシシや熊などを狩るあんちゃんは、子どもの頃から魚を捕ったりするのが得意で、私をいつも魚釣りなどに連れて行ってくれた。

魚釣りといってもずいぶん本格的で、ほとんど漁といってよく、朝早くに柴山潟に出かけて、小舟を出し、あんちゃんは竹の竿で上手に船を操り、良さそうな場所まで行くと、雷魚を捕るための、はえ縄を仕掛けて帰る。夕方になれば、再び私を自転車の後に坐らせて潟に行って船を出す。

水の音と、ときおり鯉や雷魚などが水面でバコッと息をする音を聞きながら、ゆっくりはえ縄を上げていくと、ときどきバシャッと生きのいい音がして、大きな雷魚が引きあげられ、船底で、噛まれたら指を噛み切られるぞと言われていた恐ろしい口を大きく開けて跳ね回る。そのスゴイことスゴイこと。

とれた雷魚はあんちゃんがさばいて焼き魚にしてくれたが、たくさんとれた日には魚屋に行って買い取ってもらった。そんなときには、ときどき分け前と称して、あんちゃんは私にお小遣いを渡してくれたりした。

ときどきはワナを仕掛けてウナギを捕ったりもした。あんちゃんは器用で、ウナギもちゃんと自分でさばいて蒲焼きにする。脂の乗ったそのウナギのなんと美味しかったこと。子持ちの鮎の塩焼きも美味しく、それらは、ばあちゃんが私のために魚屋で買ってきてくれる焼き魚とは、申し訳ないけれども、比べようもなく美味しかった。

潟を船で行くときの、静けさのなかの、なめらかな水の音や、船底が水草を割って進む時の音や捕れた雷魚の色艶、そしてヤタの家の人々が私に向けてくれた、たくさんの笑顔。そんな記憶がもしもなかったとしたら、私はたぶん、ちがう私になっていたように感じる。

第十四話　不思議なキオク

私が覚えている最も遠いキオクは何だろうかと考えてみた。

幼い頃のキオクはいろいろあるけれども、たいがいは小学校に入る前、幼稚園の頃か、それより少し前、たぶん四、五歳の頃のキオクが、私の最も古いキオクであるような気がする。その頃のキオクであればいくつも思いだせるし、その場面や、そこに居た人の表情などが脳裏に浮かぶものもたくさんある。

それ以前のことはほとんど覚えていないように感じる。つまりそれはもう記憶に残っていないのだろう。ところが一つ、とても不思議な、そして妙にリアルなキオクがある。それはたぶん私が二、三歳くらいの、歩けるようになってから少し経ったくらいの頃のキオクだ。

どうしてそれくらいの歳だと想うかといえば、私が覚えている、ややぼんやりとした白黒の映画の場面《シーン》のようなそのキオクは、二歳をちょっと過ぎたくらいの私が母親と手をつなぎながら、真っ直ぐ遠くにまで続く線路の上を歩いている姿として目に浮かぶからなのだけれども、不思議なことに、その映像は幼い私と背の高い母親の後ろ姿なのだ。

つまりキオクのなかでその場面は、幼い私の目が見た景色ではなく、二人から少し離れたところにある視点から見たもので、そこでは母も後ろ姿なので、どんな表情をしているかは見えない。覚えているのはそんな場面と、そしてその時の、なんとなく寂しいような気持だ。

時刻はたぶん夕暮れ時より少し前。幼い私と母は、なぜか黙ったまま手をつないでゆっくり歩いている。場所としては、ヤタの村はずれの線路の辺りのような気が、なぜかする。母はあのとき私を連れて、どこからどこへ行こうとしていたのだろう……？

少し寂しげな空気感で、楽しい感じはまったくなく、かといって恐い感じや不安な感じがあるわけではなくて、時間が止まっているような、わずかに進んでいるような、そんな場面なのだが、その場面の前後のキオクはなくて、覚えているのは映画の一コマのようなその瞬間の場面だけ。

それと同じ頃のことで、はっきりと場面を覚えているのに、その場面では、そこにいる私が、なぜかこちらを見て笑っているキオクがある。それは祖父であるシムラの爺ちゃんが、あぐらをかいて坐っていて、私はそのあぐらのなかに抱かれるように坐っている。

どうして笑っているかというと、祖父がいつも私にしたように、私の頬に爺ちゃんが、短いヒゲのある頬をすりよせてくるからだ。そのちょっとチクチクするような、でもなんだかくすぐったいような、その感じが面白くて、私があんまり笑うものだから、爺ちゃんはしょっちゅう、すきを見ては私に頬をすりよせてきた。

逃げようにも抱き抱えられているので逃げられない。あまり表情を面《おもて》に表さない祖父だったが、そのときは、少し笑って、でも少し真面目な、孫を怖がらせようとするかのような表情をして私に頬をよせてくる。

寝る前に爺ちゃんから、オサムライさんの話をきくのが大好きだったように、たぶん幼い私は、そんなふうにして爺ちゃんに遊んでもらうのが好きだったのだろう。それにしても、どうして幼い私がこちらを見て笑っている姿を覚えているのだろう。そのキオクも、たぶん同じような年齢の頃、おそらくはせいぜい三歳くらいの頃だろうが、もしかしたら二、三歳の幼い子どもには、何か特別の、意識を宙空に漂わせることができる能力のようなものがあるのだろうか。それともそれらは、いくつかのキオクの断片から、幼い私が無意識のうちに組み立てた立体的なキオクのようなもののなのだろうか……？

どちらにしても、この二つのキオクは妙にリアルで、自分のなかでは不自然さなど全くないのだが、ただ、誰がどこから見たキオクなのだろうかと考えると、だんだん不思議に思えてくる。

もしかしたら人のキオクというのは、ある場面との、あるいは人やものとのいくつかの触れ合いのエッセンスのようなものが、一つの生きた映像となって心のなかにのこる、そんなものなのかもしれないとも想う。だからそれらは、そのままの姿でいつまでもいつまでも心のなかで生きていて、私が私であることを、何気なく教え続けてくれているのかもしれない、とも想う。

第十五話　夕暮れのタンボ

幼い頃、私は祭りが好きだった。何も威勢の良いことが好きだったわけでも、踊りや町内会などでの催しに積極的に参加したわけでもなくて、ただ、お祭りの時にだけ見ることができる獅子舞や、惣湯のまわりに突然現れていろんなものを売る屋台が、幼心にもなんだか妙に華やいで見えて楽しかった。

とりわけ私が好きだったのは金魚すくいで、それなりに手先が器用でもあったので、いつも何匹かは金魚をすくい取ることができた。夢中になって何度もやって、お小遣いのほとんどは金魚すくいに消えた。

自分がすくっている間はもちろん楽しかったけれども、自分の紙が破れてしまって、三匹か四匹、あるいは五匹とかの金魚を、透明のビニール袋に入れかえてもらい、それを手に提げながら、ほかの子たちが金魚をすくう様子をじっと見ているのも好きだった。

水の中の金魚たちは美しく、ビニールの袋に入れてもらった金魚は、さらにキラキラと輝いて、少し折れ曲がった透明の袋の中の水も、なぜか水晶か何かのように美しく見えた。私の興味はたぶん、そうしてお祭りで金魚がたくさん泳いでいる金魚屋さんの四角い浅い水槽を、みんなで覗き込むようにしてとりまいて坐り、左手にアルミのお椀を持ちながら金魚をすくったり、上手な人の手つきなどを見ることだったのだろう。思い起こせば、そうしてとった金魚を家に持って帰って水槽や庭の池に入れた後、私の興味は失せてしまい、それ以後、餌をあげたりなど、金魚の世話をした覚えがないからだ。

祭りになるとそんなふうに、ほかの屋台にはほとんど目を向けずに、ひたすら金魚屋さんのところで遊んでいた私だったが、一年生になった春の菖蒲湯の祭りの時、私は珍しく金魚屋以外のお店をのぞいてみた。小学生になったからということもあって、お小遣いをいつもよりいくらかたくさんもらったからかもしれない。

その時にすぐに目に留まったのが、刃渡り10センチくらいのミニチュアの日本刀だった。ちゃんと鞘や鐔《つば》もついていて、持つところには本物の刀のように、綺麗な色とりどりの糸が巻かれてあり、鉛筆を削ったりもできるとのことだった。

祖父から毎日お侍さんの話を聞かせてもらうことが好きだった私には、それはまさしく宝物に見えた。それがいくらしたのかについては覚えていないけれど、とにかく私はいてもたってもいられずに、手に持っていたお小遣いをみんなつかって、その日本刀を買った。

手に持って、お侍さんのように構えて鞘から刀を抜き放って空にかざすと、新品の日本刀は、キラキラキラキラキラ輝いて見えた。興奮した私は、そのまま意気揚々と歩き始め、なぜか家の方には向かわずに、あまり通ったことのない道を通って町外れにまで行き、さらにまわりがタンボばかりの田舎道を前へと進んだ。見渡す限り、田植え前の水が張られたタンボが広がり、それはやや妄想癖のある私にとって格好の舞台だった。

日本刀を手にしてすっかり侍になりきった私は、思いっきり刀を振り回し、向かって来る敵をバッタバッタとなぎ倒し、どうだとばかりに、おそらく見栄の一つもきっただろう。そうして再び敵陣の真っ只中に突進して、思いっきり刀を振り回したその時、勢いが余ったのだろう。日本刀が私の手を離れて飛んで行き、タンボの中に落ちてしまった。呆然とした私は慌てて刀が落ちた方に駆けて行ったが、タンボの畔の上から眺めても、大切な日本刀の姿はどこにも見えない。

私は田舎育ちなのに、それまでタンボに入ったことは一度もなく、幼い私にとって、水が張られたタンボの中に入るのは怖かったが、それでも勇気を振り絞って、裸足になってタンボに足を踏み入れた。冷たい水の下の泥は、最初はどこまでも沈んでいきそうに思ったほどに柔らかく、ズボンを膝のところまでまくった私の足をすっかり包み込んだ。泥はヌルヌルとして生暖かく、なんだか得体が知れなかった。

しかしそんなことより大切なのは買ったばかりの日本刀を探すことで、私は手を泥の中に入れて刀を探した。手に触れる泥は、さらにヌルヌルしてつかみどころがなく、いくら探しても探しても私の刀はみつからない。さらに探し続けても刀が私の手に触れる気配さえなく、なんだか悲しくなった私の目からは涙が溢れ、見上げれば空はすでに薄暗くなり始めていた。心細くなった私は、夕暮れのタンボのなかで一人、いつのまにか声を上げて泣いていた。

その時一人のお姉さんが私に声をかけてくれた。小さな子がタンボのなかで泣いているので、何事かと思ったのだろう。私もきっと泣きながら必死で事情を説明したに違いない。しばらくするとお姉さんは、田んぼの中に入ってきて、腰を屈めて泥の中に手足を入れて、一緒に刀を探してくれた。

私は泣き止み、お姉さんと一緒に刀を探した。横で何も言わずに一緒に探してくれるお姉さんの存在が、幼い私の小さな心に優しかった。顔も声も何も覚えてはいないけれど、薄暗がりの中でお姉さんが横にいる気配だけは、はっきり覚えている。今にして思えば、その時とても大きかったように感じたお姉さんは、しかし、おそらく中学の二、三年くらいだったのだろう。たしか中学校の制服を着ていたからだ。

どれくらいそうして一緒に探してくれたのだろう。いつのまにか日は暮れ、私の刀はみつからず、きっともういいと私が言ったのだろう。あるいはお姉さんが何か言ってくれたのかもしれない。ともあれ刀を探すのを諦めた私たちは、タンボから上がって、別れた。

私は、女性には男にはない種類の人間らしい優しさがそなわっていると感じているが、その気持ちは、夕暮れの田んぼの中で私の横にいてくれた、あのお姉さんの気配と、どこかでつながっているように思う。

第十六話　出窓でのオハナシ

私が六歳になる年の春、私が住んでいた街に新たに幼稚園ができた。建物は大きくはなかったけれど、真新しい床の木の明るさが印象に残っている。大きな机や椅子もあった。両親が教師だったため、私は日中は、幼い頃から親戚などの世話を受けて育った。五歳の時には託児所というところに預けられたが、大きな建物で中が暗く、子どもがやたらと多くて、私はそこに行くのが嫌だった。確か託児所の前の空き地には砂場があり、それはまんざらでもなかった。ところが、お昼寝の時間というのがあって、私はそれが何よりも嫌だった。みんなで薄暗い託児所の二階に閉じ込められ、無理やり寝かされて薄い掛け布団を被せられる。そのなんだか暗く湿った感じが耐えられず、託児所に行くのが本当に嫌だった。

託児所に行く時間になると、私は行きたくないと必ず泣き叫んだらしい。そんなわけで毎日まいにち、祖父が私をおんぶして無理やり託児所に連れて行かなくてはならなかった。連れて行かれる間ずっと私は祖父の背中で泣きながら、じいちゃんの頭をペタペタペタペタペタ叩いていたらしい。

夜には暖かい布団の中で、楽しいお侍のお話をしてくれる大好きなじいちゃんだったが、嫌な場所に無理やり連れて行かれるその時ばかりは、私の目には祖父の姿が鬼か何かに見えていたかもしれない。しかし果樹園を営んでいた祖父にして見れば、夜はともかく、昼の間まで孫の世話をするわけにもいかなかったのだろう。それで託児所に預けられることになったのだろうが、もちろん幼い私にそんな事情などわかるはずもない。

だから、真新しい幼稚園に行くことになった時にはなんだかホッとした。どうやら幼稚園に行くのは嫌がらなかったらしい。ただ、幼稚園には二人の先生がいたが、一人は母の知り合い、もう一人は母の姉、つまりは私の叔母さんだった。幼稚園はともかく、先生が叔母さんだということがどうしても気になり、なんだか少し照れくさかった。

しかも叔母さんはおしゃべりだったので、私の幼稚園での出来事をいちいち母に報告、私から見れば告げ口をする。今日は掃除の時間にあまり掃除をしなかったとか、みんなと遊ばずにいつも机の下に隠れているなどと、私のことをからかうようなことばかりを母に言う。それが幼心に、どうにも気に入らなかったが、しばらくするとそれにも少しは慣れて、あまり叔母のことなど、それほど気にすることなく幼稚園での時間を過ごせるようになった。

私はお遊戯にせよ、歌を歌うことにせよ、みんなと一緒に何かをすることは苦手で、いつも私だけがみんなの輪の中には入らずに、いつも一人で積み木をするなどして遊んでいたらしいが、それに関しては覚えていない。

よく覚えているのは、お昼ご飯の後のお休みの時間に、明るい出窓に坐って、ほとんど毎日、数人の友達を相手にお話をしたということだ。お話は、その場その場で自分で考え、つまりは即興の連続物語で、主人公はなんとか姫という、美しくて剣術が達者なおてんばのお姫さまだった。

内容に関しては、何しろ適当に考えて話していたので全く覚えてはいないが、ただ、そのお姫様が城を抜け出していろんな人に出会ってチャンバラをして悪者をやっつけるという大筋だけは覚えている。

話を聞いてくれる友達は、だいたいいつも同じだった。多い時には七、八人の子どもが、出窓に坐る私をまあるく取り巻いて床に坐って聞いてくれたりしたが、いつもは一人の男の子と、三、四人の女の子が常連だった。男の子の方は家の近くに住む子だったので、顔を今でも漠然と覚えてはいるが、ほかの女の子たちの顔は覚えていない。

幼い頃の思い出で不思議なのは、真剣な目をして私の話を聞く周りの子どもたちを自分が見ているシーンの記憶と、もう一つ、出窓に坐る私とその前で坐って話を聞く子どもたち全体を俯瞰するシーンの記憶があることだ。その二つがなぜか混ざり合って私の記憶の中にある。どうしてかはわからない。たぶん長い歳月が過ぎるうちに、体験したことを、いつしか私のイマジネーションが、そのようなシーンとして構成していったということなのかもしれないと思う。

聞き手である幼稚園の子どもたちは、いつも喜んで私の話を聞いてくれた。せがまれるままに私も毎日お話を続けたし、できるだけ面白い冒険談になるよう、それなりに心がけた記憶がある。いったい何分ぐらいの長さのお話をしていたのかはわからないけれど、たぶん五、六分、せいぜい十分以内だったのではないかと思う。この続きはまた明日、という感じでお話を終えると、子どもたちはおとなしく解散する。

それが毎日続いたので、叔母さんの目に止まらないはずがない。当然のことながらそのことは母にも伝わったが、ところが叔母さんはそのことを母に報告する際に、私が毎日、前の晩に祖父から聞いた話をみんなにしていると言ったのだった。幼い私の心は、その言葉にたいそう傷ついた。それははっきりと私のオリジナル、という言葉はその頃はもちろん知らなかったけれど、それは決して受け売りではなく、あくまでも自分で考えたお話だったからだ。

だいいち祖父の話の中には、義経や弁慶や竹中半兵衛や荒木又右衛門や真田幸村や猿飛佐助は出てくるけれども、女性の剣豪は出てこない。私は懸命に抗議をしたが、その正当な抗議を、どうも大人たちが、まともに受け入れてくれたとは感じられなかった。悔しい思いを抱えたまま、私はしばらくお話をいつものように続けたが、そのうち嫌になってやめてしまった。

で、この話にはちょっとした続きがある。その後、幼稚園を卒業して小学校に入り、確か二年生になった頃、幼稚園でのお話の常連客だった男の子と遊んでいたとき、その子が急に、あの話は面白かったなあ、まだあの話に続きがあるのなら聞きたいなあ、と言ったのだ。

ビックリした私は、嬉しいやら照れ臭いやら、私は幼稚園の頃よりは少しは成長していたので、ちょっと複雑な気分にはなったが、それでも、にわか仕立ての続編を、そうだ主人公は綺麗なお城のお姫様だった、ということだけを頼りに、道端で、しばらくの時間、その子にしてあげたのだった。その時は確か、二十分くらいは、話をしたように思う。だって、もう二年生なのだから、という気持ちがどこかにあったように思う。

第十七話　クラスの女の子のこと

たしか小学校の四年生のころ、私はクラスの何かの係だったが、たぶん級長ではなかったように思う。クラスで係を決めるときに、私はそこそこ勉強ができたからか級長に推薦されたのだが、そんなことは僕には無理だと言って断った記憶があるからだ。でも何かをしろと言われて、図書係か何かをすることになったような気が、何となくする。

その頃は子どもがやたらと多く、一クラスに五十人以上もの生徒がいて、教室には机がひしめき合っていた。机は天板が開けられるようになっていて、開ければそこに教科書などを入れられるようになっていた。あまりにも人数が多いので、あまり目立たない子などは、学年が終わる頃になっても、同じクラスのみんなからは、まだ名前を覚えてもらえない状態だったりした。

子どもたちは家庭環境も含めてバラエティに富んでいて、実にいろんな子がいた。まだ幼さが残っている子やませた子、とりわけ女の子のなかにはまるで大人のようにしっかりした感じの子もいた。親の仕事もまちまちで、私の故郷は温泉町だったので、親が旅館をやっている子もいれば、洋服屋さんの家の子もいた。町は今になってみればそれほど大きくはなく、中心部を端から端まで歩いてもせいぜい十五分程度の大きさだが、それでも子どもの頃はずいぶん大きく感じた。しかも町は二十の区に分けられていて、私は学校の近くの十六区だったが、学校の行き帰りや惣湯に行ったりするのを除けば、普段はほとんど十六区の辺りから出たことがなかった。

学校は木造りで、学校の前には野菜や雑貨など何でも売っている店があって、お昼の時間になると、私はよくマエヤマというそのお店に行って、食パンにいちごジャムを塗ってもらい、牛乳を一本買って、それをお昼ご飯にした。いちごジャムは大きなブリキの缶の中に入っていて、おばちゃんがヘラのようなものでジャムをすくってパンにのせてくれる。ときどき山盛りにのせてくれるのが嬉しかった。

その頃は、マエヤマであれ、お使いに時々行かされる肉屋さんであれ、買い物はみんなツケという通帳に記入してもらって買っていたので、お昼のジャムパンも、お金を払う必要はなかった。
お昼には、たいがいの子がお弁当を持ってきていたが、お昼になると私は走ってマエヤマに行き、ジャムパンを作ってもらって食べるのが好きだった。牛乳は飲んだら瓶を返しに行かなくてはいけないのだが、何となくそれが面倒で、いつのまにか私の机の中は牛乳瓶でいっぱいになった。

ところがある日、机の蓋を開けてみると牛乳瓶がない。どうしたんだろうと思っていると、隣の席の女の子がニコッとわらった。その子は洋服屋の子で、いつも綺麗な服を着て可愛かったので人気があったが、どうやらその子が返しに行ってくれたらしかった。私は何だかくすぐったいような、その子が自分のことを嫌いではないのだと知って、ちょっと誇らしいような気持になった。そんなことがあってから、牛乳瓶がたまると、いつもその子がいつの間にやら、マエヤマに返しに行ってくれた。

子どもたちのお弁当は様々だったが、今のお母さんたちが作るようなオシャレなお弁当を持って来る子などいなく、なかには毎日、梅干しを一個入れたご飯がぎっしり入ったアルミのお弁当箱と缶詰を一個持ってくる子がいた。缶詰はいつも決まっていて、豆やタケノコやコンニャクや昆布などを煮しめたもので、スキヤキ風煮、という名前の缶詰だったが、肉はたしか一切れだけ入っていた。

ある日、体の大きなませた女の子のおかずを見ると、カレイを煮たものが入っていたが、太い骨がついたそのカレイを、その子はなんと骨ごと食べていた。びっくりした私が、骨まで食べるの？　と聞くと、こんな骨ぐらいと言いながらますますバリバリ食べて、タイの骨だって食べられるよと言う。この子にはとてもじゃないが敵わないと、私は恐れ入るしかなかった。

町の周りには田んぼが広がっていて、学校にはずいぶん遠いところから通ってくる農家の子もいた。何しろ田舎の小学校だったから、田植えや稲刈りなどの農繁期になると、学校を休む子が何人もいた。四年生にもなれば、十分働き手が勤まったのだろう。

そういえば、両親が教師をしていた私の家には、私が小さかった頃、お手伝いさんのお姉さんがいて、子どもの私には大人に見えたが、後で聞いたところによれば、お姉さんは中学校を出てすぐ、私の家に住み込みのお手伝いさんとしてきたのだということだった。

その頃は、とくに女の子は中学を卒業すると、高校には行かずに就職をする子がたくさんいた。私は何も考えずに中学から高校、そして大学へと、まるで当たり前のように進学したが、かなりの人数の子が中学を卒業して、そのまま社会人になった。ませた女の子たちがいたのも無理もないことだと、今になってみれば思う。彼女たちは中学を出れば働き手になることを、半ば当然のことと承知していたのかもしれない。だとすれば、小学校も高学年ともなれば、気持ちの持ち方そのものがたぶん、違っていたのだろうと思う。

農繁期になると誰も坐っていない机がいくつか目につくそんなクラスの中に、農繁期が過ぎても学校に来なかったり、来てもしばらくするとまた来なかったりする女の子がいた。名前はもう覚えていない。あんまり勉強ができる子ではなかったが、その子もずいぶんませていて、というより、どこか近寄り難いところがあって、友達もいなかった。

その子が学校を一週間休み、もう一週間休み、もう少し休みが続いた頃、みんながどうしたんだろうと言い始めた。その子の机の中は、宿題やお知らせや先生が配った教材などがいっぱいで、それを見た私は、こんなに学校に来なくては勉強が遅れてしまうと思い、クラスのなんとか係だったからなのかどうか、ふと、これらをその子の家に届けに行こうと思い立った。

ある日、その子の机に入っていたものを持った私は、町の外れのその子の家に届けに行った。家の場所を知っていたわけではなかったが、クラスの子から聞いてなんとなく目星をつけて、その子の家の辺りまで行った。

するとの向こうの方から、大人の男の人がリアカーを引いてやってきた。見ればリアカーの後ろにその子の姿があった。たぶん家の仕事のお手伝いをしていたのだろうが、そんなことは私には分からず、その子のそばに行った私は、持ってきた教材をその子に渡し、学校に来ないと勉強が遅れちゃうよ、と言った。

その子は最初、私を見てびっくりした様子だったが、それでも私が差し出した教材を受け取り、ちょっと間を置いて、目を伏せながら、ありがとうと言った。大人の人は黙って見ていた。その子はほんの少し、私を見て笑ったようにも思えたけれど、でもどこか、その表情には困惑したような気配があって、良いことをしに行ったつもりだった私は、その時、なんだか悪いことをしてしまったような、見てはいけないものを見てしまったような気持ちになった。

その子がその時どう思ったのか、今となってはわからない。けれど、その子の押し殺したような、どこか複雑な表情のことは、今でも覚えている。

第十八話　川遊びのことなど

小学校の三年生くらいになるまでは、家の周りの路も、近くを流れていた川も、そこらじゅうにあった田んぼも、お寺の境内も、どこもかしこも遊び場だった。何しろ家の周りの路にはまだ、自動車というものが走っていなかった。一体いつから自動車が道を占領するようになったのだろう。

子どもの私にとって路は、みんなで野球をするところであり、手に持った何かの蓋の上でコマを回し、それが回っている間は走ることができる追い駆けっこをする場所であり、人数が多ければみんなが色とりどりのハチマキをして敵の陣地をせめるグンキをする場所だった。

野球は稲が刈り取られた後の乾いた田んぼでもできた、一人で凧揚げをすることもできた。境内ではよくビー玉や釘差しをして遊んだ。川は流れが早くて危ないので、夏休みに浅瀬で泳いだりする以外は、普段は近寄らなかった。

川には田んぼに水を引き入れるための用水があって、たしか夏が近づくと美しい虹色をしたベッピンという魚が群れをなして上ってきた。

その頃になると、普段はあまり一緒に遊んだりはしない年上の親分のような子が、みんなを集めて用水に行ってベッピンやナマズをとった。ベッピンやウグイが遡上してくるくらいだから用水といっても水量は多く、水の中に入ったりするのは、とても怖くてできないのだが、その日は年上の子が、本流から分岐するところにある水門の、大きな鉄のハンドルのようなものを回して水門を閉ざす。するとみるみる用水から水が減りはじめ、しばらくするとほとんど水がなくなって、いたるところでベッピンが跳ね上がりはじめる。

そこで、さあーとばかりにみんなで浅瀬に入って手づかみで魚をとる。中学生になってから本当の名前はオイカワというのだということを知ったが、ベッピンはキラキラして本当に美しく、私がとるのはベッピンばかりだった。

もちろん、水の量がせいぜい数センチほどしかなくなった用水には、モロコやウグイなども いて、時には大きなナマズなどをとる子どももいた。ナマズはヌルヌルしているのと、なんだか黒くて顔が恐ろしげでおまけにヒゲまで生えているので私は興味がなかったが、ナマズをとった子の両手の中でうねうねと体をくねらすその姿には独特の迫力があって、周りの子どもが歓声をあげると、大漁だという気分があっという間に盛り上がる。

ベッピンはピチピチ跳ねるけれども、比較的弱くて、とった魚をバケツに入れるとナマズはいつまでも元気なのだが、ベッピンはしばらくすると腹を見せて何匹も浮かび上がってしまう。

とった魚をどうしたのかという記憶に関しては、私自身は全くない。誰かがベッピンを食べたという話を聞いたこともないので、そうして魚を手掴みでたくさんとるという、そのこと自体が楽しかっただけで、後はどうでもよくて、もしかしたら食べられるナマズやウグイは大きな子が持って帰って、後はたぶん、川に捨ててきたのかもしれない。

とここまで書いて、そうだ、と急に思い出したことがある。ある時、そうしてみんなで夢中になって、取り放題の魚を取っていると、突然ものすごい怒鳴り声がして、見上げれば大人の人がものすごい形相で怒っていた。私はたぶん小学校の一年か二年で、なんのことやら分からなかったが、後でわかったことには、勝手に水門を閉めたということがお百姓さんの逆鱗に触れたとのことだった。

用水の水を止めてしまえば田に水が回らなくなるからだ。田植えが終わった後の大切な時期にそんなことをやられたりなどすれば、お百姓さんが怒るのも当然。そんな理屈は今でこそわかるけれども、その時の私には、何が何やらさっぱりわからず、どうして怒られるんだろうと思いながら、それでもみんなと同じように神妙にして、頭を垂れ、年上の子が怒られている間じゅう、みんなで黙って下を向いていた。その時はたぶん、取った魚を全部、お百姓さんに言われるままに川に戻してきたような気がする。

そんなことがあったので、私はもう、その一大イベントには参加しなくなったが、もしかしたらイベントそのものがその後なくなってしまったのかもしれない。

しかしカブトムシであれ魚であれ、自然の中で生きている何かをとるというのは子どもにとっては面白いことなので、その後も私は田んぼの側を流れている小川のようなところでドジョウをとったり、川ガニをとったりして遊んだ。ただ残念なのは、水門事件があって以来、そういうことをしているときに、どこか後ろめたい気持ちがするようになってしまったことだった。

そんなある日、私は家からそれほど遠くはない田んぼの側の、幅がせいぜい六十センチほどの、小川とさえ呼べないような水路で大発見をした。なぜそうしたのかは覚えていないのだが、澄んだ水の流れるその水路の、滑らかな泥状になっている底を手ですくってみたとき、驚くべきことに五、六個のシジミが手のひらに残ったのだ。

びっくりして試しにもう一度すくってみると、同じように三個、四個、五個六個とシジミが面白いように取れる。狂喜した私は場所を覚えておいて、慌てて家にバケツを取りに行き、戻ってくると夢中でシジミをすくった。なぜか十メートルほどの長さの間にシジミが群生していて、その場所以外はそうでもないのに、そこだけが取っても取ってもシジミがいた。夕方だったのでだんだん暗くなってきたが、少し不安な気持ちを抱えながらも、私はただただシジミを取り、大きなバケツが半分以上シジミで埋め尽くされたとき、さすがにもう帰らなくてはと思って家に向かった。

嬉しかった。今まで一度も経験したことのないシジミの大漁。しかも、私は味噌汁が苦手だったが、汁物では唯一、シジミのおすましが大好物だった。重いバケツを引きずるようにして勇んで家に帰った私は、大きな声で「シジミを取ってきたよう」と叫んだ。

こんな遅くまで何を、というような表情で玄関に出てきた母は、バケツの中の大漁のシジミを見て、ビックリしたあと急に顔を曇らせて、「どこでとってきたの?」とひとこと言って私の目をじっと見た。

私がどこかのいけすかなにかから盗んできたのだと思ったに違いなかった。今にして思えば当然だったかもしれない。子どもがバケツ一杯ものシジミを取れるはずがないのだ。私は慌てて、あそこの田んぼの横の川でとってきたんだと申し開きをしたが、疑いが晴れたようには見えなかった。

それでも晩御飯にはシジミ汁が、しかもお椀には、丸々太ったシジミが食べきれないほど入っていた。けれど、今でも覚えているのは、その日の食卓は、大漁を喜ぶ笑顔に溢れた、というのとは程遠く、どこかしんみりとした空気が低く漂っていたという事だ。美味しいはずのシジミ汁も、いつもより美味しくはなかった。何か悪いことをしてしまったのだろうかという気持ちが、私の心の中のどこかに淀んでいたからかもしれない。

それから何年かして、ある日その場所に行ってみたけれど、そこにはもうシジミはいなかった。多分、その頃から稲作に農薬を使い始めたせいだろうと、思う。

第十九話　マイドサンという言葉

子どもの頃、私の故郷の町では、お店に入るときには誰もが「マイドサン」と声をかけた。すると奥からお店の人が出てくる。商店街のお店はどこも店と家とが一緒になっていて、大体は店の奥が住まいになっていた。故郷の町は温泉町でそこそこ賑わってはいたけれど、それでもどの店もいつでもお客さんがいるというわけではなく、ほとんどの店はたまにしか客が来ないので、お店の人はその掛け声を聞いて店に出てくる。

「マイドサン」はそのために発する言葉なので、ある程度大きな声を出さないと意味がない。しかし私はその「マイドサン」という言葉を言うのが苦手だった。というよりその言葉を発するのがなぜかたまらなく嫌だった。たまにおつかいを頼まれて昆布屋だの下駄屋だのといった店に行けば、かならずこの「マイドサン」を言わなくてはいけない。おつかいそのものはそれほど嫌ではなかったのだが、何しろ「マイドサン」がまともに言えたためしがない。

　嫌だと思えばますます言いづらくなるもので、なんとか意を決して思い切って言っても、小さな声しか出なくてお店の人に聞こえない。それでも、もしかしたら気づいてくれたかと少し待ってみるが、どうもお店の人が気づいたような気配がない。しかたなくもう少し大きな声で「マイドサン」と言うと、やっと中から「なんやおったんけ、気がつかなんだわ」とかなんとか言いながら人が出てくる。

　おつかいに行く店はそんなに多くはなくて、たいがいは「マエヤマ」という、八百屋と食料品店と日用雑貨店を一緒にしたような、いわゆるよろず屋か、「コウベヤ」という肉屋に行った。そういう店はたいがいお客がお店にすでにいて、お店の人も当然店に出ているので、行けばすぐに客が来たことがわかる。だからなにも「マイドサン」と言う必要はないと思うのだが、それでも町の人たちはみんな必ずお店に入るときに「マイドサン」と言う。たぶん挨拶がわりということなのだろうが、誰もがほとんど無意識で言っていたのだろうと思うその挨拶が、子どもだった私には、どうにも抵抗があって自然に言えない。

　もしかしたら少しばかり自意識が過剰だったのかもしれない。ただ、言わなくてもわかるはずの「マイドサン」をどうしてわざわざ言わなくてはならないのか、それが納得できなくて、あるいはなんとなく言えなくて、黙って顔見知りのお店のおばさんのそばに行って小さな声で「ホウレンソウひとたば」とか言えば、すぐに取ってくれて新聞紙に包んで渡してくれる。やっぱり言わなくてもいいじゃないかと思う。

それに「マイドサン」という言葉そのものがよくわからない。マイドは毎度ということだろうとは思うけれども、なぜそれにサンをつけなくてはいけないのかがよくわからない。なんだか妙に気になってしまう。

そんなわけで幼い私のおつかいの最大のハードルがこの「マイドサン」だった。なんとかそれをクリアして、「ボウヤ今日はなんや?」とか言われて、「牛肉二百モンメ」と答えると、白木をカンナで薄く紙のように削った経木に肉を乗せてくれ、それを同じ材料ででてきた紐でさっと縛って白い紙に包んで手渡してくれる。よろず屋と違って新聞紙ではなかったのは、今にして思えば、そのころは肉が高価だったからかもしれない。それにしても、どうして「マイドサン」という言葉一つを言うことにあんなにも抵抗があったのだろう。

考えてみれば、そもそも子どもが自然に言葉を覚えるという事自体が実に不思議なことで、ほかの動物たちとくらべればなんだか奇跡的なことのように思える。何も喋れなかった赤ん坊がいつの間にか当たり前のことのように言葉を覚え、やがて歌も歌えば口ごたえもするようになる。もしかしたら子どもは、言葉という人間に特有の複雑なものを扱えるようになるために、言葉を覚えていく過程で、奇跡を当たり前のことにするために、無意識のうちにも懸命の努力をしているのかもしれない。

つまり子どもは、一つひとつの言葉を自然に覚えるのではなく、一つひとつその意味やその言葉が表す物体との関係や概念などを、全身で確かめながら言葉を覚えていくものなのかもしれない。「おかあさん」であれ「おとうさん」であれ「おじいちゃん」であれ「ごはん」であれ、子どもが最初に覚える言葉はみんな確かな実体を伴っていて、言葉とその実体との間にギャップやズレがない。だからその言葉を発することに抵抗がないということなのかもしれない。

そう考えれば「マイドサン」という言葉はいかにも奇妙だ。何しろ実体があるようなないような、意味があるようなないような、誰に対して発するというわけでもなく、挨拶のようにそうしなければ礼を逸するというような言葉でもない。

「よいしょ」などという意味のよくわからない言葉にも似て、誰に向かってというわけでもなくて店に入るときに無意識に発する主体性や意味のない掛け声のようにも思える。そういう実体や意味のよくわからない言葉は、言葉を覚えていく過程にある子どもにとっては、感覚的に扱いづらい言葉なのかもしれない。

つまりその言葉は幼かった私の心身にとって、発してしかるべき確かさのようなものに欠けていたのかもしれない。あるいは言葉の輪郭をイメージすることが甚だ難しい言葉だったのかもしれない、ということに思い至った。

でももしかしたらそれは、ちょっと自意識過剰だった幼い頃の私に対する弁護かもしれないと思いつつ、ただ、それではいま私たち大人は一つひとつの言葉を、はたしてどれだけ自分にとって確かなものとして発しているだろうかとも思う。言葉を使うことに馴れていくというのは、もしかしたら言葉を人が手にした理由やその大切さの感覚を、いつの間にかどこかに置き忘れてしまうということなのかもしれない。

第二十話　真っ赤なトウガラシ

小学校の低学年だった頃の話。年に何回かあったお祭りの日のお小遣いは、学校から学年に応じて金額が決められていた。確か七十円とか百円とか、四年生以上は百五十円だったような気がする。一、二年生は七十円だったとしたら、七十円で一体何が買えたのだろうと思うが、でもそれだけあれば金魚すくいは一回十円だったから結構遊べた。風船も買えたし、いろんなものがそれほど高くはなかったので、手でプロペラを回して輪ゴムを巻き上げ、それで飛ぶ小さな飛行機も三十円ほどで買えた。私は両親から特にお小遣いをもらってはいなかったので、祭りの日に、自分の好きなものを自由に買えるお小遣いがもらえるのが嬉しかった。

私が生まれ育った温泉町では大きなお祭りが二回あった。一つは六月の菖蒲湯祭りで、その日は惣湯の周りを若い衆が菖蒲を詰めた俵の神輿を乱暴に引き回し、俵が破れそうになった頃合いを見計らって惣湯の中になだれ込み、俵の中の菖蒲を湯船の中に投げ込む。惣湯はかなり大きくて天井が高く、男湯と女湯にそれぞれ小ぶりのプールほどの湯船が二つあって、湯船の表面がお湯が見えないほど菖蒲でいっぱいになる。町の人々は俵を担いだ若い衆と一緒に我先にと押し合いへし合いしながら湯船に向かう。私も父もそういう勇ましいことは苦手だったので、しばらくして騒ぎが収まった頃に惣湯に入る。

息が詰まるほどの菖蒲の香りと湯気が立ち込める中、菖蒲をすくってそれで体を洗う。菖蒲が詰められた俵の神輿は若い衆に何度も担ぎ上げられては地面に叩きつけられ乱暴に引き回されたあとなので、中の菖蒲はもうクタクタになっていて柔らかく、とてもいい香りがした。

もう一つのお祭りは秋祭りで、その日には大きな獅子舞が町中を練り歩く。獅子頭は幅が八十センチほどもあり、二、三人の若い衆が交代で担ぐ。獅子頭の後ろには華やかな模様の布で覆われた大きな胴体があり、中には三味線や太鼓や笛を演奏する人たちが入っていてお囃子を演奏しながら進む。胴体の高さは家の一階の屋根ほどもあり幅も大きい。胴体は確か孟宗竹をアーチ型にした脚があって全体が布で覆われている。確か六本あったその脚を男の人が時々持ち上げて前に進む。胴体の後ろにはちゃんと尻尾が下がっている。

しばらく進んで獅子が止まると、刀や薙刀《なぎなた》を手にして髪をザンバラに振り乱した若い衆が現れてチャンバラを繰り広げる。戦いはだいたいまず刀を持った二人が登場し、どういう趣向なのかはわからないが、最初は二人で立ち回りをする。戦いは結構激しくて、打ち合う刀の音も鋭く、時々勢い余って周りの観客のところにまで転がり込んできたりする。

その間獅子は、獅子頭を持つ若い衆が獅子の口を大きく開け閉めしながら「さあこい、さあこい」などと言いながら右へ左へと動く。カシャンカシャンと上下の歯を噛み合わせる獅子の音が響く。戦士は時に獅子の方に走って行って切りかかったりもする。それに対して獅子も頭を高く上げたり下げたりしながら応戦する。

しばらく二人で激しい戦いを繰り広げた後、頃合いを見て二人の戦士が互いに相手を見つめてうなずき合ったかと思うと、二人で刀を振りかざし奇声をあげ、力を合わせて獅子に向かう。しばし激しくやり合ったのち、やがて二人に頭を切られた獅子は、ガクンガクンと頭を下ろし、最後にもう一度頭を高く掲げたりなどした後、ゆっくりと頭を地面に下ろす。二人の戦士は勝鬨を上げ、観客に一礼をして後ろに下がる。

そうしてまたお囃子とともに獅子が進み、しばらく行くとまた別の若い衆による戦いが始まる。獲物は刀であったり槍であったり薙刀であったりするが、必ず最初は戦士同士が戦い、後で力を合わせて二人で獅子を退治する。もしかしたら初めの方の戦いは、どちらが獅子を退治するかと言い合って喧嘩になったということだったのかもしれない、などと今になって思う。

子どもの頃はそんなことはどうでもよくて、とにかく戦士たちと獅子との荒々しい戦いが面白かった。戦士は地下足袋を履いているのだが、若い衆の破れた袴から出た足から血が流れていたり、こちらに向かって勢いよく走ってくる戦士の薄汚れた顔が怖かったりなどドキドキする要素も満載で、私はその獅子舞が大好きで、ずっと一緒に町中を付いて回った。若い衆の戦いは独創性に富んでいて、筋書は同じだがアクションがみんな違う。中には刀を獅子に投げつけて、その刀を獅子が大きな口でハッシと咥えて受け止めたりもして、そんな時は拍手喝采。戦士の顔は長いザンバラ髪が下に垂れているのでほとんど見えないが、それを手で掻きあげて鋭い目でこちらの方を睨んだりすると、思わず体がすくんでしまう。演出はバラエティ豊かで、今にして思えばよほど練習したに違いない。

ともあれ、そんなお祭りの日には惣湯の周りにたくさんの色取りどりの屋台ができて、お小遣いを握りしめて何を買おうかといろんな屋台を見て歩く。金魚すくいが好きだった私は必ず金魚すくいを一、二回して、残ったお金で買えるものを探して回るのが、なんだか妙にワクワクして楽しかった。

どのお祭りの時だったかは覚えていないが、幼かった私が確か初めて百円のお小遣いがもらえた時に、まずいつものように二回ほど金魚すくいをして、それから何を買おうかといろいろ見て回っていると、道端でりんご箱のようなものの上に布を被せて、その上に一個のサイコロを置き、横に置いてあった三つのコップのうちの一つをサイコロに被せ、後の二つをその隣に置いて並べ、そのコップを素早く移動させて、どのコップにサイコロがあるかを当てる遊びのようなことをしているおじさんがいて、何人かの人がおじさんを取り巻いていた。

箱の横には一個の新品の革のグローブがあり、お金を払ってその当てっこに挑戦し、もし当たったらグローブがもらえるということだった。七十円を払えば一回挑戦できるというのだが、ずいぶん高いと思った。何しろ金魚すくいが一回十円なのだ。でもグローブは立派で、あんなグローブがもらえるのだから高いのも仕方がないとも思った。

見ていると、何人もの人が挑戦するが誰も当たらない。まず真ん中にサイコロを置き、それにコップを被せ、素早くコップを右へ左へと動かす。しばらくして「さあどこ？」と言われて「ここ」と指さすのだが、それがことごとく外れる。ずっと目で追っていて間違いなくあるはずのところのコップを持ち上げると、そこにはサイコロがない。不思議で仕方がない。しばらく見ていたがみんな外れる。それでもずっと見ていた私は、おじさんの手つきに、あるきまりがあるのに気がついた。

間違いなくあると思った場所の左だったり右だったりするのだが、その時に、それがなんだったかはもう忘れてしまったが、その決まりに気づいた私が、それからしばらく挑戦する人たちを見ていると、どうやら思った通り、私がここだと思ったところにサイコロがある。おじさんの手つきは素早かったが、目に見えないほどではなく、慣れれば誰でも目で追える程度の速さで、だから何人もの人がグローブを取ろうと挑戦し確信を持ってここだというのだが、それがことごとく外れる。

しかし目で追った場所ではなく、おじさんの手つきでどこにあるかがわかるようになった私は思い切って七十円を払って挑戦することにした。そうすると十円しか残らない。飛行機は十円では買えないし、綺麗なコマも買えない。でもこれだけ試して間違いないのだから、七十円払ってあんなちゃんとしたグローブがもらえるのならいいと決心した私は、握りしめていた七十円を渡して勝負に出た。

そして「さあどこだ」というおじさんに向かって、見抜いた法則通りに「ここ」というと、一瞬ジロッと私の顔を見たおじさんは、当たっていたのに、「はい外れ」といってさっとサイコロを隠してしまった。

私は抗議をしたが、おじさんは知らん顔で取り合ってくれない。悔しくて涙が出てきたが、それでもおじさんは知らん顔。大人を相手に小学校の低学年の私に何ができるわけもない。そのまま私は涙を流しながら家に帰った。恥ずかしかった。泣いていることも、悪い大人にお金を取られたことも、何もかもが悔しくそして恥ずかしかった。

家に帰った私は二階に上がって泣いた。一年生の時に両親が借金をして新築した家は、一階は出来上がっていたけれども二階は内装がまだで、床が張ってあるだけであとはガランとしていた。中学生になったらそこは私の部屋になると言われていた場所だった。日当たりのいいその場所には赤いトウガラシがたくさん藁で結んで吊るしてあった。乾燥させていたのだろう。なぜか私はその唐辛子を手にとって見つめた。真っ赤な真っ赤なトウガラシだった。それから私はその手で涙を拭いた。その途端、目が刺されたように痛くなり、涙がボロボロこぼれてきた。目をこすると、もっともっと涙がこぼれてきて、それが悔し涙なのかトウガラシによる涙なのかわからなくなった。

そうして私は二階で一人、しばらく涙を流し続けた。涙はいつまでたっても止まらなかったが、なんだか目の痛みがバカな自分の心に突き刺さっていくような気がした。泣いているのはトウガラシのせいだ。こんなところをもし誰かに見られたとしてもトウガラシのせいだと言える、と思いながら涙を流し続けた。

第二十一話　キンピカの宝物

確か小学校に入学するほんの少し前の頃、両親が家を新築した。まだ弟は生まれていなかったように思う。それまでは私たち一家は、母方の両親の家に間借りをしていた。そこでは私は祖父にずいぶん可愛いがられ、私も祖父のことが大好きだった。祖父を私はじいちゃんと呼んでいたが、毎晩、祖父に寝床で九郎判官義経や真田十勇士やいろんなお侍のお話を聞かせてもらっていて、それが何よりの楽しみだった。話を聞きながらいつの間にか眠り、次の日に続きを話してもらう毎日だった。

祖父は果樹園をしていて、梨にかぶせる紙の袋張りのお手伝いをしてお小遣いをもらったりもしていたので、新しい家ができてからも、しょっちゅう祖父の家に行っていた。新しい家は十六区で祖父の家は二十区、とはいっても小さな街なのでそれほど遠くはなく、歩いて十五分ほどの距離だった。私の両親は二人とも教師だったので、もしかしたら祖父の家でお昼ご飯やおやつなどを食べさせてもらっていたのかもしれない。ちなみに祖父から叱られたことは一度もなかった。

ある日、祖父と二人でコタツに入っていた時のこと。私が何をしていたのかは覚えていない。祖父は多分、売り上げか何かを勘定していたのだろう、何か帳面に書きつけたり、お金を数えて引き出しに入れたりしていたが、それが一段落した時、引き出しから金色に輝くものを出してきた。それはよく見れば五円玉に紐を通して束ねたもので、今にして思えば、三、四十枚ほどもあっただろうか、とにかくピカピカの五円玉がたくさん束ねられていて、まるで王様の首飾りのようだった。

祖父がどうしてそんなものをつくっていたのかはわからない。キラキラと光っていたところを見れば、新しい五円玉ばかりを集めていたのかもしれないが、そんなことはその時の私にとってはまったくどうでもいいことで、重要なのは、私がその美しさにすっかり魅了されてしまったということだ。

おそらくその翌日か翌々日、いつものように祖父の家に行った時、コタツのある部屋に祖父がいなかった。おそらく果樹園で仕事をしていたのだろう。六畳程度の大きさのその部屋の感じは今でも覚えているが、いつもはその隣にある台所にいたり、奥の部屋で裁縫などをしている祖母もいなかった。

そしてその時、あろうことか私は、こっそり祖父の引き出しを開けて、あの五円玉を束ねた数珠をとってしまったのだ。その時の私に代わって言い訳をすれば、私は何もお金が欲しかったのではない。ただただキラキラ輝く金色のじいちゃんの宝物が欲しかったのだ。それを手に入れたいという欲求を、私は抑えることができなかった。おそらく思考回路がショートしてしまっていたのだろう。キンピカの宝物を手にすること以外の全てが私の頭からすっかり抜け落ちてしまっていた。

とにかく私は手に入れたその宝物をズボンのポケットに入れて新しい家に帰り、すぐに自分の部屋に行った。私の部屋は三畳間で、二枚の畳が床に、もう一畳のところに高さが一メートルくらいの押入れがあり、その上に畳がはめ込まれていて、そこで寝られるようになっていた。そこに上るための小さな可動式の階段も付いていた。

部屋には小学校に行く日のための勉強机が置いてあり、私はその引き出しの中にキンピカの宝物をしまった。さすがに悪いことをしたという気持ちが湧いてきたのだろうか、私はその宝物を、隕石やら江戸時代のお金などを入れていた袋の中に、つまりは隠した。

考えてみれば祖父が梨や桃の世話を終えて家に帰り、引き出しを開ければ、そこにあるはずの五円玉の数珠がなくなっていることはすぐにわかるはずで、誰が？　と思うまでもなく私が犯人だと察するのは、今にして思えば明らかなことなのだが、空想癖が大変に強かった私の想像力は、そのような現実的なことにはまったく役に立たたず、五円玉の数珠の盗難と私とが結びつけられるなどとは思っていなかった。誰もいなかったのだからわかるはずがない、とでも思っていたのだろうか、というよりきっと、後のことなどまったく考えていなかったのだろう。

それから何日かして家に祖母がやって来た。その時両親は仕事で学校に行っていて留守だったが、祖母は家に上がると私の新しい部屋を見せてくれと言い、私も得意になって部屋を見せ、押し入れにしまってあったおもちゃなども見せ、さらによせばいいのに、というか、それが子どもの浅はかさで、自分の宝物が入った袋を、それもキンピカの宝物のせいですっかり膨らんでしまっている宝袋まで見せた。今や自分のものになった宝物を誇りたいような気持ちがどこかにあったのか、あるいは罪悪心のようなものもかすかにはあって、つい祖母に見せずにはいられないような気分になっていたのかもしれない。

今にして思えば、祖母は明らかに犯人だと思われる私の様子を確かめに来たのだろう。そしてパンパンに膨らんだ袋を目にした祖母は、それではっきり確信し、どうやらそのことを母に言ったらしい。晩ご飯の時間に居間に呼ばれた私は母から、お前の宝袋を見せなさいと言われ、私は仕方なくそれを部屋に取りに行った。何しろ両親の様子が尋常ではなかった。

当然のことながら、袋の中から五円玉の数珠が出てきた。それを見た父は、突然立ち上がったかと思うと、私を持ち上げ右の肩の上に担ぎ上げ、「人の物を取るような子はうちの子ではない、これからお前を捨てに行く」と言い、そのまま足早に廊下を進み、玄関を開けて道に出て、泣き喚く私を肩に担いだまま、黙ってどんどん道を足早に、どこへともしれず歩いていく。

私の父は無口で、普段はほとんど話さず、話すのはもっぱら母だったが、ただでさえ無口な父が一言もしゃべらずに黙ったまま、早足で道をどんどん歩いていく。捨てられる、と心底思った。私は泣きながら、それでも必死で謝罪の言葉を、もう二度としませんとか、堪忍してとか、とにかくなんとか捨てられないために、ありとあらゆる言葉を叫んだけれども、父はそれでも何にも言わず黙ったままどんどん歩いて、とうとう家並みがなくなって田んぼ道に入っても、なおも、すっかり暗くなった田んぼの中の道をどんどん歩いていくばかり。その時の怖さときたら、多分あれほど大声で泣いたことは私の人生の中で、後にも先にもないだろう。なにしろ暗い中、どこかに捨てられてしまうのだから……

それから、どこでどうして家に戻されたのかは覚えていない。もちろんこの一部始終は祖父母の家にも筒抜けで、おそらくあくる日、母に連れられて、祖父へのお詫びとともに五円玉の数珠を返しに行ったのだろうが、そのとき祖母が、「大きな泣き声がここまで聞こえてきたよ」と私の顔を覗き込むようにして言い、それを聞いた私は、恥ずかしさのあまり全身が真っ赤になってしまったことだった。

第二十二話　N君のことなど

子どもの頃、近所にN君という遊び友達がいた。彼の家は私の家から四、五軒離れた線路のそばにあり、すぐ近くだったので、よく一緒に遊んだ。器用な子で運動神経も良く、一緒に虫を採りに行ったり野球をしたりした。

N君の左の腕は、肩から少し下のあたりから無かった。幼い頃に線路で遊んでいて、電車が来たことに気づかずに腕を轢かれてしまったのだ。私の母の話によれば、N君のお母さんは、幼いN君と切れてしまった彼の腕を抱えて必死に病院に走ったのだが、腕はつながらなかったということだった。

N君の左の腕の先にはいつも傷跡が見えないように包帯が巻かれていた。冬は長いシャツやセーターを着るのでわからないが、夏には、半袖のシャツの先からほんの少し、包帯を巻いた腕の先が出ていた。一年生の時に私が新しい家に引っ越してきた時には、N君はそこに住んでいて、その時にはすでにN君は片腕だったので、私にとってはN君は、映画の丹下左膳のような、そういう友達だった。

彼はなんでもできた。普通の遊びはもちろん、野球だって上手だった。キャッチボールや野球をするときは、グローブを右手にはめてボールが来るのを待つ。ボールをキャッチすると、グローブにボールを入れたまま素早く少ししかない左腕の脇に挟み、そこからボールを右手で掴んで素早く投げ返す。その動作が速いので、キャッチボールにはなんの問題もなかった。

近所の子どもたちで野球の試合をやるとき、私はそんなに上手ではなかったけれどもコントロールはまあまあだったので、たまにエースが打たれた時などにピッチャーをやり、それ以外は外野だった。ところがN君はいつもセカンドで、ゴロが来ると上手にさばいて、さっと脇にグローブを挟んで右手でファーストに投げる。

片腕なので打つときも右手一本でバットを振る。もちろんそんなに力が入らないので長打は無理だが、それでも実に上手にボールをバットに当ててよく打った。足が速かったし、子ども野球ではエラーも多かったのでN君はよく塁に出た。おそらく私よりずっと頼りになるバッターだった。

とにかく彼はなんでもできた。自転車だってスイスイ乗れたし、コマ回しだって上手だった。虫を採りに行ったり釣りをしたりするにはもちろんなんの不自由もなくて、できないことなど何もないように見えたので、片腕だからといって仲間外れにされることもなかった。

それにN君は、勉強はあまりできなかったけれども、負けず嫌いだったし、性格も暗くなかったので、みんなと普通に遊んでいた。腕のことでたまにからかわれたりすることがあると、そんなときは果敢に相手に向かっていった。背はそれほど高くはなく体も痩せていたけれども、喧嘩だって弱くはなく、とにかく敏捷で、何をするにしても気合の入り方が、ほかの子どもたちとは比べ物にならなかった。

たまに気合が入り過ぎることもあって、たとえば、彼の家の前にはなぜかコークスが小さな山になって積まれていて、そのコークスで地面に絵を描いて二人で遊んでいたとき、私がコークスって硬いねと言うと、何を思ったかN君はそのコークスを口に運び、僕はこんなものだって食べられると言ったかと思うと、ガリガリコークスを食べ始めた。止めなよ歯が折れるよと言っても、それでもN君はしばらく齧っていた。

そういう風に、妙にムキになるところはあったけれども、とにかくなんでも同じように、と言うか、大概のことは私よりも上手にできたので、私はなんとなく彼には一目置いていた。みんなも彼のことはそんなに気にしておらず、片腕はなかったけれども、でもそういう子どもとして遊び仲間の中に溶け込んでいた。


私は五年生の時に怪我をして入院して随分学校を休んだし、病院を出てからも、外で普通に遊ぶことが出来ず、ずっと家にいなくてはならなかったために N君と遊ぶこともなく、学校に行くようになっても、手術をして縫った傷跡から、縫い糸が出てきたりしていた状態だったので、外で体を動かしてみんなと遊ぶということもないまま中学校に入った。

だから体育の時間はほとんど見学だった。私が入学した中学校には母も勤めていて、体育の先生も私が大けがをしたことは知っていたので、入学してすぐの頃に鉄棒の授業があった時には、谷口はお腹が破れるといけないから休んでいるようにと先生から言われ、ほかの生徒たちが逆上がりなどをするのを見ていた。

その生徒たちの中にN君もいた。いくらなんでも片腕で鉄棒はできない。私は彼も見学するだろうと思っていたし、先生もN君にみんなと一緒に逆上がりをやるようにとは言わなかった。鉄棒は小学校の時のように地面からそれほど高くない位置にあるようなものではなく、かなり高い位置にあって、誰もがまず飛び上がって両手で鉄棒を掴み、それから体を振って勢いをつけて逆上がりをしなくてはいけない。中にはすぐに出来る子もいたが、もちろんできない子がほとんどで、先生からコツを教わって、みんなで何度も代わる代わる練習していた。

その時、急にN君が自分もやると言いだし、そう言ったかと思うと勢いよく走って行って鉄棒に飛びついてぶら下がった。もちろんバランスが取れなくて、片腕で鉄棒にぶら下がったN君の体は、傾いたままゆらゆらと揺れるばかりで、N君がいくら体を揺らしても、当然のことながら上手くいかない。そうしてしばらく鉄棒にぶら下がっていたN君は、とうとう諦めて、悔しそうに、それでも笑顔を浮かべながら鉄棒から降りた。

その時、N君が何を言ったかは覚えていない。何も言わなかったかもしれない。たぶん先生も何も言わなかったように思う。ただ、そうして鉄棒からぶら下がっていたN君の姿だけが、今でも無声映画のシーンのように、私の眼のなかに残っている。

第二十三話　キオクの行方

手元に一枚の白黒写真がある。父方の実家の奥の間で写した写真で、おそらくは写真屋さんが撮った写真だろう。何か特別な日の記念写真なのだろうか、そこには白の地色にさらりと淡い植物の絵が描かれたお洒落な着物をきた若い母と、背広を着てネクタイを締めた父と、三歳くらいの私が写っている。私の服装は普段着で、コール天のズボンを履き、やや厚手のジャンパーを着て、まっすぐカメラの方を向いている、母もカメラに視線を向けているが、父は部屋の反対側を見ている。

この写真を撮った時のことは全く覚えていない。写真が残っていたから、こんな場面が遠い昔に確かにあったのだと思える。もし私が三歳だとすれば、母はこの時二十九歳、父は三十歳だったということになる。母も父も亡くなってしまってこの世にはいないけれど、そしてあたり前のことではあるけれど、父母にもこんな若い頃がと、なんだか不思議な気持ちがする。でもこうして写真の中で、若いままの父母が、いつまでも若いままでいる。写真のなかに一瞬の時と場面が永遠化されている。

父母のことではたくさんのキオクがある。思い出せばきりがない。けれど、とりわけいくつかの場面や言葉や表情が強く印象に残っていて、何かの拍子に、鮮明に、ほんのついさっきのことのように思い浮かぶ。父や母ばかりではない。友人たちとの会話や場面も、たくさん私のなかにあって、誰かのことを想うたびに、いくつかの場面が蘇る。もしかしたら私という存在の多くは、こうしたキオクでできているのかもしれないとも思う。

けれど、そんなたくさんの思い出と共にある私と親しい人たちのなかには、もう亡くなってしまった人たちもいる。亡くなると、その人とはもう会えない。笑顔も言葉も場面も思い出せるけれど、でも会えない。思い出だけが私のなかに、まるで私のなかにある心のカメラで撮ったかのように、その時々の姿のままで、いつまでも残る。

ただ考えてみると、その人たちとだって、しょっちゅう会っていたわけではない。それに、ある時ある場所で共に過ごしたいくつかの場面のなかの特に心に触れたことがキオクとなって私のなかにある。だから亡くなる前と後とが、それほど違うというわけでもない。

ただ、会いたいと思っても会えない、電話をしてもつながらない、そう思うと哀しい。

亡くなった友人には、スペイン人やフランス人やイタリア人やアルゼンチン人もいる。その人たちとも、そんなに頻繁に会っていたわけではないから、今でも電話をすれば聞き慣れた声が返ってくるような気がする。フェイスブックにアカウントが残っている人もいて、見ればそこには前と同じように写真があり、言葉がある。でもメッセンジャーで電話をかけても話せない。そんな友達が、もう何人もいる。

以前はバルセロナに行かなければ会えなかった友人の生活の一コマが、小さな画面の向こうにかいま見える。けれど、それがはたしてよいことなのか、どうか……


先日マドリッドの友人がフェイスブックに一枚の写真を載せていた。マスクをした彼と彼のお母さんの笑顔の写真。そこには母がコロナに感染してしまった、と書かれていた。マドリッドの惨状はテレビなどで見て知ってはいたけれど、とうとう身近な人たちのところにまで、と思って気持ちが萎えた。それから一週間くらいして、心配になって、その後お母さんはどう？　とメールした。すぐに返事が来たが、そこには、亡くなりました、死を看取ることもできませんでした。と書かれてあった。哀しいね、としか返せなかった。

今世界中が新型コロナウイルスの猛威にさらされている。それでなくとも、このところ地球上が難民や、グローバル金融資本主義による極限的なまでの貧富の差という反社会的な状況や、化石燃料の異常なまでの消費に歯止めがかからず、地球が悲鳴に覆われているような気がしていた。そこにこの感染症の猛威。

この文章を書いている私の部屋にジャスミン・レビの歌声が流れている。遠いとおい昔、イベリア半島でのレコンキスタの時代、イベリア半島から弾圧を逃れて中東などに離散したユダヤ人、セファルディムの子孫の女性歌手が歌う哀しくも強い歌。

Porque los niños dejaron de soñar ?　どうして子どもたちは夢見るのを止めたのか?
porque las madres no dejan de llorar ?　どうして母親たちは泣くのを止めないのか?
Yo me pregunto como nos ve Dios.　私は問う、神は私たちのことを見ているのかと。

どうしてこんなにたくさんの苦しみがあるのか、どうしてこんなにたくさんの不正があるのか、どうして?　と歌う彼女の歌が切なくそして強く心に響く。ふと、その歌の言葉がそのまま私の中に入ってくることが、なんだか不思議に思える。私が生まれ育った場所の言葉ではないのに……

二十代の頃にふと思い立ってスペインに行き、そこで七年ほど暮らした。行くまでは一言のスペイン語もわからなかったのに、いつの間にかスペイン語がわかるようになった。学校に行ったわけでも本で勉強したわけでもなく、ただスペイン人と話しているうちに、いつの間にか話せるようになった。

そうしてたくさんの友人ができた。日本に帰ってからもスペインとの行き来は続き、付き合いもずっと続いてきた。彼らとはスペイン語で話す。夢のなかにもよく出てくるけれど、そこでも友人たちとはスペイン語で話している。あたりまえのような、でも目覚めた時にちょっとした不思議さを感じることもある。何か伝えたいことでもあるのだろうかと思って、メールをしてみたこともある。でもメールも電話もできない人たちが、もう何人もいる。

生きている人であれ亡くなってしまった人であれ、その人たちが夢の中で私の記憶にないことをしてるのは不思議だ。何人かでプロジェクトの話をしていることだってある。それはもしかしたら未来の出来事？　あるいは願望？

私という存在は、もしかしたらキオクとミライとでできているのだろうか。私のなかに、あるいは私のまわりにある無数のキオクとミライ、無数の映像や言葉。なかには確かな形を得たものもある。一瞬の場面を切り取った写真。想いを表した言葉を封印した本。ＣＤをかければ何度でも再生できる形を得た歌。私がこの世から消えても大地の上に立ち続けると思える建築……

それらは不思議なまでに確かな何かに思えるけれど、でも私のなかの無数のキオクやネガイや言葉や場面や想いは、私がいなくなったらどこに行くのだろう？　無数の人のなかにある無数のキオクや願いや想いは、いったいどこに行くのだろう？　無辺の彼方に消え失せるのだろうか？　そうではないような気がする。

宇宙はゆらぎから生まれたといわれている。地球も人間もその申し子。だから人間も、感動という心のゆらぎがあるから生きている、それをどこかで求め続けて生きている。そんな無数の人たちの無数の心のゆらぎは遠いどこかの誰かの心にも、きっとなんらかのかたちで伝わっている、風が木の葉を揺らすようにそっと影響を与えている、あるいは、風のなかに土のなかに光のなかに、溶け込んでいる、となんとなく想う。

第二十四話　ヒトと言葉

せっかく桜が綺麗に咲いたのに、なぜか昨日、季節外れの雪が降って、今日にはもう雪は溶けていたけれど、心なしか桜の花の色がくすんでしまったように見える公園の、それでもまだまだ美しい桜の樹の下で、四、五歳くらいの子どもがブランコに乗って遊んでいる。向かいのベンチには母親が坐って子どもを見守っている。

「ママー、見て」。子どもが嬉しそうな声を上げる。子どもが勢いよくブランコを漕ぐ。大きく揺れるブランコに乗る子どもの嬉しそうな笑顔。気をつけてね、と母親が言いながら子どもの方に近づいて行く。

ヒトは他者と力を合わせることで生きてきた。何万年か、何十万年かは知らないけれど、遠い遠い昔からヒトは寄り集まり助け合って生きてきた。地球がつくりだした自然の中で生まれたヒトは、信じられないことに、それから絶えることなく命をつないできた。自然の恵みを糧にして命を養い、愛し合って子どもをつくり、営々と命をつないできた。

鳥も獣も虫も人も、命あるものはみんなそうして命をつなぎ続けてきた。獅子のような牙も熊のような腕力も、馬のような逃げ足もなく、鳥のように空を飛べたわけでもないのに、ヒトはそれでも長い時を生き延びてきた。そうして生きてこれたのは、寄り集まり、互いに心を通わせ力を合わせてきたから、ヒトとして生きて行くための場所である社会をつくってきたから。

それを支えたのは言葉。言葉によってヒトは想いを共有し、あるいは自分と他者との違いを確かめ合い、さらには目的を共有してさまざまな困難を乗り越えてきた。自分が知り得たことを他者と共有し、他者から学び、あるいは長老が語る先祖の物語を聴きながら想像力を身につけてきた。言葉によって仲間意識を育んできた。そうして力を合わせて家をつくってきた、畑を橋をつくってきた、ヒトがヒトとして生きるための街をつくってきた。

一つの言葉が発せられる時、その言葉はそのまま受け取られるために発せられる。言葉を発するヒトと受け取るヒトとの間に、もしも信頼関係がなかったとしたら、言葉が確かさに包まれていなければ、言葉はもはや存在する意味を、ヒトとヒトをつなげるものとしての力を持たない。

ブランコに乗る子どもがママに向かって発した「ママー、見て」という言葉の確かさは、遠い遠い昔にヒトが言葉というものを編み出した奇跡の瞬間とつながっている。そこには疑いがない。子どもはその言葉によってママが自分を見てくれることを信じている。その信の上に言葉は成り立っている。

子どもが発した言葉によって母親が自分の方を見てくれた喜び。それは子どもの健やかな成長を自然に育む心の糧のような喜び。山が与えてくれた糧や海が与えてくれた糧と同じように、ヒトがヒトになるための心を育む確かな糧。そうして一つひとつの言葉が、それが与えてくれた確かさが、ヒトの心をゆっくりと育む。ヒトの社会を成り立たせる。

だから、言葉を悪用する嘘は社会を壊す、ヒトの心を壊す。嘘は言葉を信じる人がいないところでは成立しない。嘘つきばかりになれば言葉はもはや力を持たなくなる、社会はヒトがヒトとして生きていく場所ではなくなる、弱肉強食の無法地帯に廃れ果てる。そうなれば非力な人類がこの地球上で生き延びていくことなどできなくなるだろう。

だって力を合わせることができないのだから、他者を頼りにすることができないのだから。だから嘘つきはヒトの社会にとっては人非人。たとえ嘘をついたとしても、その人がそれを悔いる気持ちを持たなかったら、人として生きる道が塞がれてしまう、そんなことが続けば、やがてヒトデナシになってしまう。国だって憲法に記された言葉の上に成り立っている。その言葉を無視すれば、あるいは治世者が意味を捻じ曲げれば、国そのものが成り立たない。

国も社会もヒトがつくる。公園の子どもが揺らすブランコもヒトがつくった物だ。子どもが乱暴に揺らせても雨風にさらされても壊れないように頑丈につくられている。子どもは遊ぶことが好きだ、とりわけブランコのように自分の力で操れるものは大好きだ。大きくこげば大きく揺れる。ゆらゆらと静かに揺れていることもできる。ひとつのブランコに二、三人の子どもが一緒になって乗ったりもするだろうし、大人が坐ることだってあるだろう。だから頑丈につくらなくてはならない。そうしなければ子どもが怪我をしてしまうかもしれない。遊具で怪我をしてしまっては何のためにつくったかわからない。

だからブランコをつくるヒトは子どもが遊ぶ姿を、いろんな場面を想像しながら、仲間たちと言葉を交わして安全なブランコをつくる。鎖の強さを試したり座板とのつなぎ目を工夫したり、ブランコ全体を支える支柱の強さのことなども考える。

仕事だからそうするのではない。安全基準があるから、それを守らないと商品にならないから、罰せられるからそうするのではない。子どもには遊びが必要だと思うから遊具をつくる。それが壊れないと思うから親は子どもを遊具で遊ばせる。つまり社会は信頼の上に成り立っている。橋が、車が、船が、食べ物が、建築が、契約書が、ヒトが信用できなければ、仕事がその本来の役割を見失えば社会が成り立たない。

そこでも言葉は重要な働きをする。けれどヒトにとっての言葉の働きの大切さはそれだけではない。ヒトは言葉をつかって物語をつくる、歌をつくる。想いを書きとめる、本をつくる、それを多くのヒトが言葉を介して楽しむ。そうしてヒトはヒトの心を育んできた、心や想いや喜びを広げてきた。楽器もダンスも、みんなヒトとしての喜びや悲しみを、想いを表し何かを共有するために、ヒトとして生きるためになくてはならないものだ。それがなければヒトは哀しみや苦しみを超えて生き延びてこられなかった。だからヒトは文化を懸命につくり守り、それを懸命に積み重ねてきた。それは文化が、ヒトがヒトとして生きることと決して切り離せない何かだからだ。

「ママー、見て」と言われた母親が子どもに近づいたのは、そんな子どもを抱きしめたくなったからかもしれない、あまりに子どもが大きくブランコを揺らすから心配になったのかもしれない、激しい動きを何気なく止めて、子どもの背中を押してゆっくりブランコを揺らして、二人の時間を楽しむためかもしれない。もし落ちても、あの程度の高さなら、芝生を生やした地面の上だから、そうして子どもは痛みや危険を学んでいくのだからと自分に言い聞かしているのかもしれない。生きていれば危なさと無縁でいることなどできないから、何が危険かを知ることも大切なことだからと……

そんなふうに思っているかもしれない母親は同時に、無意識のうちにも、そうして遊ばせている子どもに、もしかしたら起きるかもしれないことのすべてを自らが引き受けている。心配だからといって遊ばせなければ、子どもの心や体が健やかに育たないから、心の糧となる記憶を一緒につくっていけないから、それにブランコから落ちてたんこぶをつくって泣いても、それもまた一つの思い出だから。自分の責任で子どもを楽しく遊ばせる覚悟がなければ親にはなれないから……

それに子どもを公園に連れてきたのは、そうして自然と触れ合うこともまた、ヒトにとっては大切なことだからと思ったからかもしれない。桜の花の下で母親と共にブランコで風を切って遊んだ一瞬の小さな記憶。体のどこかに残るかもしれない春の香り。そんななんでもない記憶が、きっと、その子の心の豊かさをつくる、少しづつ、すこしづつ。

すぐ近くの住宅地では、あまり自然を感じられないけれど、公園には土があり木々があり池があり、チョウチョだっている。そんな自然との触れ合いもまた、この子の心と体にとって欠かせない何かだ。子どもだけではない、母親だって時々こうして一緒に来る公園での時間がきっと楽しいから……

地球上には地球がつくった自然とヒトがつくったものがある。地球の自然から生まれたヒトは、そんな自然と、自分がつくりだしたものや文化の中で生きる。だから営々と積み重ねられてきたその二つの成果を、自然であれ言葉であれ信頼であれ、壊してしまえばヒトはもうヒトとして生きてはいけない。

笑顔でブランコを揺らす子どもに母親が何か言葉をかけながら見守っている。咲いた桜の花と同じように美しい、もう一つの自然。

あとがき

私の多くは記憶《メモリア》でつくられている。そして私（たち）はみな、毎日まいにちさまざまなことを見聞きし、その都度、新たな体験を重ねて生きていく。

考えてみれば、そこでのどんな瞬間も等しく大切な、私という命と外界との一つひとつの触れ合いのはず。目に映った景色や手にしていた本の一ページ、そばにいた人の表情や、そこで聞いた言葉や発した言葉などはみな、私が確かに生きていたことの、そして生き続けているということの証。

そんな今が、一瞬の後には過去の記憶となって私のなかに残る。無数の記憶が絶え間なくつくられていく。食べたものが何らかのかたちで私の心身のどこかに染み込んでいくように、記憶となった無数の体験もまた、私の心身のどこかに染み入って、私という人間をつくっているのだろう、と思う。

けれど、そんな記憶の多くを私（たち）は、いつの間にか忘れてしまう。そして、強く印象に残った場面や言葉や表情だけが、忘れられない記憶として残る。忘れてしまった記憶がどこへいくのかはわからない。消えてしまうのかもしれないし、もしかしたらいつかまた何かの拍子に思い出すものとして、心身のどこかに密かに仕舞い込まれているだけなのかもしれない。

刻々とつくりだされる無数の記憶のすべてを覚えていられるはずがないと思ったり、いや、それらはみんな形を変えて溶け合って私を構成していて、私という存在は、あらゆる記憶と無縁であるはずがないとも思う。覚えている記憶とそうではない記憶、それを分けるものがなんなのかはわからない。ただどちらにしても人は記憶《メモリア》と共に生きていく。

本書には、私の記憶のなかから主に少年時代の記憶を書き綴った二十四話が収められているが、これまでほとんど自分自身について書いてこなかった私がこのような文章を書いたことには、一つのきっかけがある。

十年ほど前、伊豆高原に住む画家、敬愛する友人の谷川晃一さんから電話があった。今度近所の連中と同人誌をつくることにしたから、よかったら私も参加しないかというお誘いだった。谷川さんは以前は東京に住んでおられたが、もう随分前に妻の宮迫千鶴さんと共に伊豆高原に引っ越し、そこからガラリと画風が変わって、生命力に溢れた色彩豊かな絵を描くようになっていた。

そんな夫妻が中心になって『伊豆高原アートフェスティバル』を始めたのは一九九三年のこと。これは住民たちのなかの趣旨に賛同した人たちが五月の一ヶ月間、自宅をギャラリーとして解放し、自分がアートだと思うものを展示してみなさんにお見せするというもの。それが二十年以上も続いて、次第に伊豆高原といえばアートフェスティバルと言われるほどに有名に、そして人々から愛されるイベントになった。

いつの間にか似たような催しが日本各地で行われるようになったが、このフェスティバルの面白い点はそのコンセプトで、展示するものが五点以上あって三万円の参加費さえあれば、プロ、アマを問わずギャラリーが開ける。入場料は取らない、行政の支援や指導を受けない、全員がボランティアの全くの自主運営で、展示するものも、絵や彫刻はもちろん、編み物や、趣味で集めたコレクションなど実にさまざま。

五月になるとファンが待ちかねたようにやってきて、運営委員会発行の『半島暮らし』というギャラリーのある場所を記したマップのあるカラーのコラム誌を手に、ギャラリーを巡る。もちろん住人たちも互いに友人の家を訪れるようにしてにわかギャラリーを訪い、話に花が咲けばすっかりくつろいでお茶を一緒に飲んだりもする。実に可愛くも和やかなアートフェスティバルで、参加者も最初は五十六組だったがいつの間にか百組以上にまでなった。

別荘地というのは一般に、普段は都会に住む人が都会の喧騒を離れて週末などを過ごすために買ったり建てたりした家がポツリポツリと立ち並ぶ場所で、それぞれが個別の楽しみ方をしていて、互いの行き来がそれほどあるわけではない。ところがアートフェスティバルが始まり、それが地域に根付くにつれ、住民たちの間に顔見知りも増え親密さも増し、次第に地域コミュニティのようなようなものが醸成されていった。

そんな谷川さんが提案し仲間たちが集まって『雑木林』と名付けて始めることになった同人誌だったが、伊豆高原には住んでいないけれども谷川さんの親しい友人だからということで、私にも声がかかった。

同人誌、なんと懐かしい響きだろう、とまず思った。私が関わった最初の同人誌は、高校の一年生の時に、クラスにいた印刷屋の息子が提案して始まった同人誌で、私が第一号の表紙を描き、ビートルズの話などを載せたりした。ほかにも大学の建築科の、同じアパートに住んでいた仲間と始めた同人誌にも参加して雑多なことを書いたりもした。

しかしそれはもう数十年も前のこと。同人誌の存在などもうすっかり忘れていた私に谷川さんは「なんとなく言葉の響きがいいでしょう」と言い、私もそう感じて、仲間に入れてもらうことにした。

半年に一度出版される『雑木林』は、それからなんと十年も続いて、最初は十一人だった同人の数も、今では五十一人になった。


普段は、自分のことなど全く書かない私だけれども、なにしろ「同人誌」なので、逆に身近なことを描いてみようと思い、そうして書いたのが本書の最初に登場する「ベージュのすみか」。そうこうするうちにいつの間にか半年が過ぎ締め切りが来て、今度はなにを書こうかと思った時、ふと、子どもの頃のことを想い出して、大好きだったカブトムシやクワガタムシのことを書いてみた。それからなんだか妙に、子どもの頃のことばかりが想い出されて、途中からは、そういう話を主に書くことにした。

ここで触れた、その頃の私を取り巻いていた世界は、私にとってはもちろん懐かしいものばかりだけれども、ただ、そのような世界は今の子どもたちのまわりには、とりわけ都会の子どもたちのまわりにはほとんどない。私たちの遊び場だった路なども、今ではもう自動車に占領されてしまっている。

もちろん今の子どもたちにも、今ならではの楽しみがあるとは思うけれど、しかし、母親の腕に抱かれた小さな子が、スマートフォンの画面を幼い指で上下にスワイプしたり、二本の小さな指で、画像を大きくしようとしたりしているのを見ると、それはそれで微笑ましくはあるけれど、ちょっと複雑な気分になったりもする。虫であれ花であれ、ツルンとした薄いガラスの向こうに映し出されてあるものは、直接指で触れれば、みんな違った手触りがあるんだよ、それぞれの匂いもあるんだよと、つい言いたくなってしまう。

最後の二話は、世界中で新型コロナウイルスがパンデミックを起こし、それが日本にも押し寄せてきたなかで書いたもの。考えてみれば、新型コロナウイルスがもたらした、人と人とが直接会わずに電波を介して話したり、音楽や劇を、演者やほかの観客と共に時間と空間を共有して体感することなく見聞きしたり、直接向かい合って話すのではなくメールやラインを介して文字をやり取りするという状況は、奇妙なことに、パンデミック以前にすでにインターネットが世界にもたらしていた、断片化した個々人が断片化した世界の中で生きるという生活スタイルに酷似している。

けれど問題は、それがはたして人間的な暮らしのありようなのだろうかということだ。地球という唯一無二の命の星の自然から命を授かった私たちが、そして力や知恵を寄せ合い助け合うことで生きてきた私たち人間が、人間らしく人として生きていくには、自然との触れ合い、人との触れ合いが不可欠だ。

そうして私たちは物語を創りそれを語り伝え、音楽を創りみんなで一緒に歌って楽しんできた。それらはみな、人々が人として生きていくにはなくてはならないものとして創り共有し、未来に託すものとして受け継いできた文化的な暮らし。つまり文化は私たちとってなくてはならない未来に向けた人間のための記憶。

そう思うとき、この本の中で触れた、今や想い出として私の中にある記憶たちは、すでに忘れてしまった多くの記憶のなかから、自分に親しくも大切な何かとして、文字に書き記すという行為を通して鮮明に蘇ってきたということにおいて、それらはみな、私の過去とつながっていると同時に、そこには何らかのかたちで私の今や、私の内にある確かさや願いのようなものが無意識のうちにも反映されているのではないかとも思える。つまり記憶とは、もしかしたら過去と私と未来とをつなぐ、あるいはこれからを生きる私にとっての、かけがえのない道しるべでもあるのかもしれないと想う。

最後に、このような文章を書く場と機会を与えてくれた谷川晃一氏と、半年ごとの締め切りをいつもスッカリ忘れてしまっていた私に、毎号原稿を催促してくれた麻生良久氏、そしてこの原稿に目を留め、このような素敵な本にして出版してくださった未知谷の発行人の飯島徹氏ならびに伊藤伸恵女史に深く感謝いたします。

たにぐち えりや

詩人、ヴィジョンアーキテクト。石川県加賀市出身、横浜国立大学工学部建築学科卒。中学時代から詩と哲学と絵画と建築とロックミュージックに強い関心を抱く。1976年にスペインに移住。バルセロナとイビサ島に居住し多くの文化人たちと親交を深める。帰国後ヴィジョンアーキテクトとしてエポックメイキングな建築空間創造や、ヴィジョナリープロジェクト創造&ディレクションを行うとともに、言語空間創造として多数の著書を執筆。音羽信という名のシンガーソングライターでもある。主な著書に『画集ギュスターヴ・ドレ』(講談社)、『1900年の女神たち』(小学館)、『ドレの神曲』『ドレの旧約聖書』『ドレの失楽園』『ドレのドン・キホーテ』『ドレの昔話』(以上、宝島社)、『鳥たちの夜』『鏡の向こうのつづれ織り』『空間構想事始』(以上、エスプレ)、『イビサ島のネコ』『天才たちのスペイン』『旧約聖書の世界』『視覚表現史に革命を起こした天才ゴヤの版画集1～4集』『愛歌(音羽信)』『随想奥の細道』『リカルド・ボフィル作品と思想』『理念から未来像へ』『異説ガルガンチュア物語』『いまここで』(以上、未知谷)など。翻訳書に『プラテーロと私抄』(ファン・ラモン・ヒメネス著、未知谷)。主な建築空間創造に《東京銀座資生堂ビル》《ラゾーナ川崎プラザ》《レストラン ikra》《軽井沢の家》などがある。

メモリア少年時代《しょうねんじだい》

二〇二〇年七月二十日印刷
二〇二〇年七月三十日発行

著者 谷口江里也
発行者 飯島徹
発行所 未知谷
東京都千代田区神田猿楽町二-五-九
〒一〇一-〇〇六四
Tel.03-5281-3751 ／ Fax.03-5281-3752
［振替］00130-4-653627

組版 柏木薫
印刷 ディグ
製本 牧製本

Publisher Michitani Co. Ltd., Tokyo
ISBN978-4-89642-617-5 C0095